書下ろし

つごもり淡雪そば

冬花《ふゆか》の出前草紙

有馬美季子

JN100400

祥伝社文庫

目次

序章　雪の日の出会い

三年前の、雪が舞い降る夜のことだった。

煤払《すすはら》いも済ませた師走《しわす》（十二月）の半ば、店を終《しま》った料理屋〈梅乃《うめの》〉の蔀戸《しとみど》を強く叩く者がいた。

軒行灯《のきあんどん》の明かりを消して暖簾《のれん》を下ろしていたが、女将《おかみ》の冬花《ふゆか》はまだ片付けをしていたので、中の灯りが漏《も》れていたのだろう。冬花は蔀戸を開けずに、声をかけた。

「何かご用でしょうか」

するとい女の声で返事があった。

「後生《ごしょう》ですから、何か食べさせていただけませんか。凍えてしまいそうなのです」

その声に切羽《せっぱ》詰まったものを感じ、冬花は蔀戸を開けた。吹雪《ふぶき》の中、冬花と同じぐらいの歳の女が、幼子を抱いて立っていた。女の被《かぶ》った御高祖頭巾《おこそずきん》が、雪に塗《まみ》れている。女は今にも倒れてしまいそうなほど疲弊《ひへい》しており、その腕の中で幼子もぐったりとしていた。明らかに尋常《じんじょう》ではない様子に、冬花は驚いた。

「どうぞお入りください」

「ありがとうございます。……申し訳ございません」

冬花が二人を中に入れて蔀戸を閉めると、女はよろけた。冬花は慌《あわ》てて支え、その軽さに目を瞠《みは》った。

――ずいぶんとお痩《や》せになっているわ。

冬花の心配はいっそう募《つの》る。女に抱かれた幼子が、ぐずり始めた。

「大丈夫ですか」

冬花は手を伸ばし、女から幼子を預かった。厚手の掻巻《かいまき》に包まれていたが、小さな躰《からだ》は冷え切っている。幼子は男の子で、二つぐらいのようだった。

「よしよし、寒かったのね」

冬花は幼子を抱き締め、暖めるように躰を優しくさすった。すると幼子は嗚咽《おえつ》を止《や》め、目に涙を浮かべながらも笑顔になった。

「ご迷惑おかけします」

恐縮する女を、冬花は座敷に上げた。相当疲れているのだろう、女は顔色が酷《ひど》く悪い。幼子が落ち着いてくると、冬花は女の傍《かたわ》らに座らせた。

「ちょっとお待ちくださいね」

冬花は急いで板場に行き、お茶と白湯《さゆ》を持って戻った。

「まずはこちらで暖まってください。すぐに何かお作りしますので」

冬花が微笑《ほほえ》みかけると、女は涙ぐんだ。

「申し訳ございません。お店を終ったところでしたのに」

「お気になさらないでください。それよりお躰はいかがですか。お坊ちゃまも、お熱などございませんでしょうか。もし、どこかお具合が悪いようでしたら、今からお医者様を呼んで参りますが」

女は首を横に振った。

「そこまでご面倒はおかけできません。私もこの子も、とても寒かったので、疲れているだけです。どうぞお気遣いなく」

そう言って深々と頭を下げる女を見て、何か訳があるのだろうと冬花は察した。

——この方は、お武家様でいらっしゃるのかしら。あるいは武家屋敷にご奉公されているのでしょうか。

女は羽織《はおり》の下に、矢絣《やがすり》柄の小袖《こそで》を纏《まと》っていた。武家の奉公人がよく着ているものだ。

「かしこまりました。では今から何か温かいものをご用意しますね。ご気分が悪くなりましたら、仰《おつしや》ってください。あ……少々お待ちください」

冬花は急いで板場へ行き、竈《かまど》で燃え残っていた炭を手あぶり火鉢へ入れた。それを持って座敷へと戻り、二人の傍《そば》へ置く。

「恐れ入ります。……本当にすみません」

女は幼子を抱き締めながら、何度も頭を下げた。

「少し暖まっていらしてください」

冬花は二人に微笑みかけ、再び板場へと向かった。

鍋を火にかけ、ほうれん草を洗って刻む。冬花は手際よく、卵を割って溶いていった。


できあがった料理を椀によそって、女と幼子へ運んだ。

「お待たせいたしました。お召し上がりくださいませ」

湯気の立つしっぽく饂飩《うどん》に、女と幼子は目を瞠った。濃いめの汁が饂飩にかけられ、ほうれん草、蒲鉾《かまぼこ》、椎茸《しいたけ》、薄く切った玉子焼き二枚が載っている。

「まあ……美味《おい》しそう」

匂いを吸い込み、女は大きく瞬《まばた》きをした。

幼子には、食べやすいようにあらかじめ饂飩を細かく刻み、匙《さじ》を添えて出した。幼子は円《つぶ》らな目で、冬花をじっと見つめた。

「熱いから気をつけて食べてね」

冬花が微笑むと、幼子は素直に頷《うなず》いた。

女はゆっくりと汁を飲み、ほぅと息をついて、饂飩を啜《すす》る。幼子も匙を持ち、玉子焼きを頬張《ほおば》った。二人が顔をほころばせたので、冬花は安堵《あんど》した。

よほどお腹が空いていたのだろう、二人とも言葉もなくひたすら食べる。幼子は、饂飩を食べることはできたが、椀を持って熱い汁を飲むのはまだ上手ではないようだ。冬花は手を貸してあげた。

「こぼしてしまうから、お匙で飲みましょう」

冬花は匙で汁を掬《すく》い、息を吹きかけて冷ましてから、幼子の口元へと運んだ。

幼子は冬花を見つめながら、匙を銜《くわ》えて汁を啜る。その横で、女は恐縮した。

「すみません。……女将さんに、どこまでもお手数をおかけしてしまって」

女は箸《はし》を置き、項垂《うなだ》れる。冬花は優しげな目元をいっそう和《やわ》らげて微笑んだ。

「よろしいんですよ。……とても可愛《かわい》らしいお坊ちゃまなので、お世話させていただけて嬉しいです」

冬花は匙で残った饂飩を集め、幼子の口元へと運ぶ。幼子の頰は生気を取り戻したように、ほんのりと色づき始めた。幼子は冬花を見つめながら、汁一滴も残さずに平らげた。冬花は幼子の口元を、手ぬぐいで優しく拭《ぬぐ》った。

「よく食べたわねえ。お口に合ってよかったわ」

冬花が頭を撫《な》でると、幼子は微笑んだ。女が幼子に囁《ささや》いた。

「お礼を言わなければいけませんよ」

すると幼子は、あどけない声を出した。

「ご馳走《ちそう》様」

冬花は顔をほころばせた。

「お粗末様でした。お代わりはいいかしら」

女が肩を竦《すく》めて答えた。

「もう充分でございます。おかげさまで、先ほどまで冷え切っておりました躰が、すっかり温《ぬく》もりました。まことに美味しゅうございました。心よりお礼を申し上げます。ご馳走様でございました」

女は深々と頭を下げる。その隣で幼子も丁寧にお辞儀をした。

冬花は椀を片付け、再びお茶と白湯を運んだ。女は幼子の衿元《えりもと》を直してあげている。冬花は二人に告げた。

「あの……雪はまだやみそうにありませんし、このような刻限ですので、お泊まりになりますか。二階にはお客様用のお座敷もございますので、そちらでよろしければお貸しいたしますよ」

女は目を潤《うる》ませながら、冬花に再び頭を下げた。

「お心遣い、痛み入ります。先ほどのお料理にも、女将さんの細やかな心配りが表れていて、感心いたしました。鰹節《かつおぶし》と昆布《こんぶ》の合わせ出汁《だし》に椎茸の旨みを滲《にじ》ませたお汁は、まさに絶妙な加減でございました。お味とともに、作った方のお心までが伝わって参りました。……そのような女将さんを見込んで、是非《ぜひ》ともお願いがあるのです」

女の真剣な口ぶりに、冬花は躊躇《ためら》いつつ答えた。

「はい。どのようなことでございましょう」

女は顔を上げ、冬花を真っすぐに見た。

「この子を預かっていただきたいのです」

第一章　疑われた幕の内弁当

一

料理屋〈梅乃〉は、日本橋《にほんばし》は本船町《ほんふなちょう》にある。

日本橋川沿いのこの辺りは、一日に千両の商《あきな》いをするといわれる魚河岸《うおがし》だ。町内は魚問屋や物産問屋で賑《にぎ》わっている。魚河岸の店先には押送船《おしおくりぶね》から荷揚げされたばかりの活《い》きのよい魚が、板船や生簀《いけす》、桶に入れて並べられ、笊《ざる》で量《はか》り売りされた。威勢のよい声、買い手と売り手の気風《きっぷ》のよい遣り取りが日々飛び交う。

その本船町の片隅、風花《かざはな》通り沿いに、梅乃はこぢんまりとした店を構えていた。魚河岸から少し離れているので、さほど騒々しくはない。風花通りには、魚問屋、酒屋、蒲鉾《かまぼこ》屋、畳屋、布団屋、油問屋、乾物問屋、豆腐屋、絵草紙屋、水菓子屋、湯屋などが並んでいて、通りの皆でちょっとした集まりをする時は、好んで梅乃が使われた。

梅乃は近所に乞《こ》われ、出前も受け付けている。それがまた好評を博する理由のひとつだった。

ちなみに通り沿いにはヒメコブシの木が立っていて、如月《きさらぎ》（二月）、弥生《やよい》（三月）の頃に白い花を咲かせる。その花びらが風に乗って舞う様《さま》が、あたかも雪がちらついているように見えるので、風花通りと名づけられたのだという。

文政《ぶんせい》二年（一八一九）の霜月《しもつき》（十一月）八日。畳屋に出前を届けた冬花が息を白くしながら戻ってくると、五つになった鮎太《あゆた》が蜜柑《みかん》を手に、手習い所から帰ってきていた。

「あら、今年も蜜柑を拾えたの？　よかったわね」

冬花が微笑《ほほえ》みかけると、鮎太は蜜柑を右手に持ったまま、左手を袂《たもと》に入れた。

「うん。今年はこっちも拾えたよ」

よく熟《う》れた橙《だいだい》色の柿を袂から取り出し、鮎太はにっこり笑う。

「まあ、二つも」

目を丸くする冬花に、板前の又五郎《またごろう》が板場から声をかけた。

「近頃は職人たちも気前がいいですなあ」

今日、霜月八日は鞴《ふいご》祭りの日だ。鞴を吹いて火を熾《おこ》す仕事をする者たちが、火の神に捧げる祭りである。初めは鋳物《いもの》師や鍛冶《かじ》屋を中心に行なわれていたが、やがて金物商や刃物商、錺《かざり》職人、屋根屋など、火を用いる仕事に携わる者たち、つまりは職人たち全般の祭りとなった。

この日、職人たちは仕事を休んで祝い、二階から蜜柑を撒《ま》いて子供たちに拾わせるのだ。今年はどうやら柿を撒いた職人もいたようで、両方を手に入れた鮎太はご機嫌《きげん》だった。

冬花は鮎太の頭を撫でた。

「鮎太がいい子だから、蜜柑と柿の両方を拾えたのよ。手習い所では皆と仲よくできた？」

「うん。達雄《たつお》ちゃんとお葉《よう》ちゃんと仲よく帰ってきたよ。三人とも、両方拾えたんだ」

達雄は布団屋〈丸《まる》よし〉の息子で、鮎太と同じ齢《とし》だ。五つにしては躰が大きく、気は優しくて力持ち、相撲《すもう》取りになることを夢見ている。

お葉は蒲鉾屋〈おまな〉の娘で、やはり鮎太と同じく五つである。栗鼠《りす》を思わせるような顔立ちで、おとなしくて愛らしいお葉は、冬花にも懐《なつ》いていた。

風花通りのご近所同士、この三人は仲がよい。冬花が鮎太を預かることになった三年前からの付き合いだ。今年の如月の初午《はつうま》の日に揃《そろ》って手習い所に入門し、毎日一緒に通っている。手習い所には六つ、七つ頃から通う子供が多いが、この三人は一緒に通いたいからと、早めに入門したのだ。

達雄とお葉も蜜柑と柿を手に入れたと聞き、冬花の顔はいっそうほころんだ。

「皆、いい子だからよ。本当によかったわね。ちゃんと手を洗って食べるのよ。柿は剝《む》いてあげましょうか」

冬花が手を出すと、鮎太はその掌《てのひら》に柿を載せた。

「うん、お願い。お母《つか》さん」

「かしこまりました。……でも鮎太、そろそろ、うん、っていうのはやめないとね。はい、でしょう」

「あ、はい。お願いします」

「おう、鮎坊。よい返事じゃねえか」

又五郎が口を挟むと、梅乃に笑いが起きた。

鮎太が裏庭にある井戸に手を洗いにいくと、冬花は柿の皮を剝き始めた。

冬花は齢《よわい》二十六。躰はすらりとして瓜実顔《うりざねがお》、目尻が少し下がって、なんとも優しげな面立《おもだ》ちだ。先代の女将《おかみ》お島《しま》の後を継ぎ、板前の又五郎とともに梅乃を守《も》り立てている。美人女将と呼ばれるが、冬花自身はそう言われてもピンとこない。自分の美しさに無頓着《むとんちゃく》なところも、却《かえ》って奥ゆかしい魅力となっているのだろう。

楚々《そそ》とした美しさに溢《あふ》れる冬花は、白い冬牡丹《ぼたん》に喩《たと》えられることがある。冬に咲く花……冬花はその名の如《ごと》く、静けさが漂う見た目ながら、芯の強さをも持ち合わせていた。

冬花は娘時代からやけに言葉遣いが丁寧で、所作もおっとりとしているので、お客たちにからかわれることがあった。上品だけれど、どこかとろそうに見えるのだろう。だが、冬花のそのような、些《いささ》か浮世離れした雰囲気に惹《ひ》かれる者も多かった。

冬花は訳あって、十四の時にお島に面倒を見てもらうようになった。風花通りの者たちや、梅乃の古くからのお客は皆そのことを知っているが、誰もよけいなことは口にせずに、日々奮闘する冬花を温かく見守っている。

梅乃は創業三十五年になる。お島が三十の時に、夫と始めた店だ。仲のよい夫婦《めおと》だったが子供はなく、冬花が来た時には、お島の夫は既に亡くなっていた。齢《よわい》六十の又五郎は、梅乃で働いて既に三十年が経つ。住み込みではなく通いで、子供はとうに独立し、長年連れ添った女房と二人で暮らしている。頑固一徹で口煩《くちうるさ》いところもあるが、料理の腕前は折り紙つきだ。

鮎太の出自について知っている数少ないうちの一人でもある。だからといって、鮎太を甘やかしたり遠慮したりすることはなかった。

鮎太が手を洗ってきたので、冬花は柿を出した。みずみずしい甘さに満ちた柿を頬張り、鮎太は目を細める。笑みを浮かべて眺める冬花に、鮎太は皿を差し出した。

「お母さんも一つ食べなよ」

「いいの？」

鮎太は大きく頷く。冬花も柿を一切れ摘《つ》まんで、顔をほころばせた。よく熟れた柿の、適度な歯応えが堪《たま》らない。二人は微笑み合った。

頬を紅潮《こうちょう》させ、無邪気に柿を頬張る鮎太を見ながら、冬花はふと思う。

――この子とも、いつかお別れしなければならないのよね。三年前の雪の夜、あの方は、落ち着いたら迎えにくると仰っていたもの。

いつか必ず訪れるであろう、別れの日。その日が来るのを、冬花は内心、怖れていた。鮎太が離れていってしまったら、冬花の心からまた何かが欠け落ちてしまうだろうと、自分でも分かっている。そのことを考える度、冬花の胸は痛んだ。

――せめてその時までは……この子のお母さんでいられることを幸せに思って、ちゃんと務めなければ。

冬花は切ない思いを胸に秘めながら、鮎太を見つめ続ける。

記憶とは確かなようで、曖昧《あいまい》でもある。幼い頃ならば尚更《なおさら》だ。二つの時に預けられて以来、冬花と暮らしているうちに記憶が塗り替えられて、鮎太はいつの間にか、冬花を本当の母親だと信じて疑わなくなったようだった。

無邪気に「お母さん」と呼ぶ鮎太に、冬花は何度、正直に真実を打ち明けようと思ったことか。その度に、どうしても躊躇《ためら》ってしまうのだ。冬花が本当の母親でないと知ったら、幼い心は深く傷ついてしまうのではないかと。

今でこそ自然に鮎太の母親を務めている冬花だが、あの夜、突然「この子を預かってくれ」と頼まれた時は、自信がなくて戸惑ってしまったものだ。冬花は一度も嫁いだことがなく、従って子供を育てたこともなかった。聞けば、幼子はさる大名家のご落胤《らくいん》で、お家騒動に巻き込まれそうになって、腰元であるあの女人《にょにん》と逃げてきたという。ならばいっそう、幼子がいくら愛らしくても、軽々しくは引き受けられぬように思えた。

困ってしまった冬花に、腰元は「どうしても」と熱心に願い続けた挙句《あげく》、苦しげに咳《せ》き込んだ。

――なにやら喉が渇いてしまったので、熱いお茶をいただけませんか。

冬花が板場に行き、お茶を持って戻ってくると、腰元の姿はもうなかった。腰元は、幼子と、預け賃であろう小判数枚を残して、去ってしまったのだ。

大名家のご落胤ともあろうお方をどうして自分などに預けようと思ったのだろう……。冬花は混乱しつつも、ぐずり出した幼子を抱き締めてあやした。

奉行所に届け出ようかとも思ったが、幼子と一緒にいるうち、情が移ってしまった。

――お島お母さんだって子供がいなかったのに、立派に自分を育ててくれたのですもの。自分にも、この子を育てられないことはないのではないかしら。腰元の方に見込まれて頼まれたのですもの。迎えにくる時まで、しっかり預かってあげるべきなのでしょう。

冬花の秘めた母性が、開花し始めていたのだ。

腰元は、国元からの追手を恐れて、幼子の本名を明かさずに去っていった。鮎太というのは冬花がつけた名前だ。清流で育つ鮎のように、清らかな心ですくすくと育ってほしいとの願いを籠《こ》めた。そして追手の目をくらますためにも、冬花は鮎太をあくまで町人として、つましく質素に育てている。腰元が置いていった小判には手をつけず、大切に仕舞《しま》ってあった。

風花通りに住む者たちや梅乃の馴染《なじ》み客たちには、鮎太の出自までは明かしていない。三年前のある日、先代女将お島の遠い親戚がやってきて、事情があってどうしても鮎太を預かってほしいと頼まれたのだ。そう説明してあった。鮎太がもう少し大きくなるまでは、血が繋がっていないことを言わないでおいてほしい——そんな冬花の意向を快《こころよ》く汲《く》んでくれ、余計な口を挟む者は一人もいない。いつしか誰もが、冬花と鮎太を本当の親子のように扱ってくれていた。

冬花は鮎太に、父親は旅に出たまま帰ってこないと告げていた。いくら待っても帰ってこないので、もしかしたら、旅の途中で亡くなってしまったかも、と。

冬花は情を注いで鮎太を育てているし、鮎太も冬花に懐いているので、父親がいないことを、それほど寂しいとは思っていないようだ。

今のところは何の問題もなく本当の親子のように仲よく暮らせているが、そのうち誰かが喋ってしまったら、その時、鮎太が衝撃を受けるであろうことは懸念している。もしくは鮎太自身が、ここに来る前の幼い頃の記憶を、不意に思い出すことだってあり得る。だが冬花は、やはり、鮎太に本当のことを言いそびれてしまっている。鮎太のほうから「おいらの本当のお母さんじゃないの」と訊ねてきたら、その時には正直に話すつもりだった。

人は、知らなければよいこともあるし、無理に思い出さないほうがよいこともあるのだろうと、冬花は思う。

冬花もまた、記憶というものの不確かさに、惑う者であるがゆえに。

梅乃では、昼は主に出前を引き受けており、休憩を挟んで、夜には店を開いて料理と酒を出す。

霜月ともなれば日が暮れるのも早い。暖簾を掲《かか》げ、梅乃と書かれた軒行灯《のきあんどん》が灯る頃、馴染みのお客たちが顔を見せ始める。

蔀戸を開けて入ってきたのは、魚河岸で働く請下《うけした》の三人組だった。請下とは、魚問屋と小売業者を取り持つ仲買人《なかがいにん》である。魚河岸の店先で威勢のよい声を張り上げているのは、この者たちだ。

「いらっしゃいませ」

冬花は丁寧に迎え入れ、三人を座敷へ上げて、速やかにお茶とお絞りを運んだ。温かなお絞りで手を拭いながら、請下たちは注文した。

「まずは酒と、魚の料理を何かお願いするよ」

「ここの魚料理は、俺たちをも納得させる味だからな」

冬花は笑顔で礼をする。

「ありがとうございます。お酒は熱燗《あつかん》がよろしいですか。それとも冷やで？」

「冷やで。すぐに呑みてえからな」

「まったくだ」

笑いが起きる中、冬花は「少しお待ちください」と再び礼をし、下がった。酒を運び、三人に酌をして、板場に戻る。少し経って、料理を運んだ。

「お待ちどおさま。ごゆっくりお召し上がりくださいね」

そそる色艶《いろつや》の鰤《ぶり》の照り焼きと南瓜《かぼちゃ》の煮物に、請下たちは目尻を下げ、唇を舐《な》める。

「いい匂いだなあ。……しかしよ、女将のその『お召し上がりください』ってのはは、なんだか調子狂っちゃうんだよなあ」

一人が言うと、あとの二人も頷いた。

「そこらの居酒屋では、ゆっくり食べてってね、なんて調子なんだけどな。まあ、この店は、女将のその丁寧さがいいのかもしれねえけどよ」

「そうそう。こう、なんていうのか、ちょっと浮世離れしている感じがしてな」

「女将にその調子でもてなされると、なんだか名高い料亭に食いにきたみてえで、ちょいと偉くなったような気分を味わえるんだ」

「料理と酒が旨くて、おまけに美人の女将が丁重にもてなしてくれるんだ。そりゃ通いたくなっちまうって訳だ」

「毎日騒々しいところで働いてる俺たちには、梅乃のこの落ち着いた雰囲気と、女将の淑《しと》やかな静けさが心地よいのよ」

好き勝手なことを言いながら、三人は鰤の照り焼きに箸を伸ばし、頬張る。ともに目を細め、納得したように大きく頷いた。忙《せわ》しなく働いている彼らには、コクのある味わいが堪らないようだ。彼らが濃厚な味を欲することを、冬花も又五郎もよく分かっているので、鰤も南瓜も濃いめの味付《し》けにしていた。

三人は次に南瓜を頬張り、相好《そうごう》を崩した。味の沁み込んだ甘辛い南瓜は、仕事の疲れを吹き飛ばしてくれるのだろう。

「鰤と南瓜ってのは、意外に合うもんだな。さすが梅乃だ、分かっているぜ」

「これでますます酒が進んじまうって訳だ」

冬花は笑みを浮かべて、男たちの空《から》になった盃《さかずき》に酌をした。

「お褒めのお言葉、ありがとうございます。本日もお仕事まことにお疲れさまでした。どうぞお寛《くつろ》ぎくださいませ」

丁寧な口調をからかわれても冬花は変えることなく、恭《うやうや》しく礼をして、下がった。

蔀戸がまた開き、今度は町火消のい組の若い衆二人が、二人の女人を連れて入ってきた。い組の者たちは、本町から始まり通一丁目まで、この辺りを受け持っている。四人は悴《かじか》む手に息を吹きかけていた。

「いや、相変わらず寒《さみ》いなあ。女将、取《と》り敢《あ》えずは酒と湯豆腐」

「熱燗でね」

「かしこまりました」

冬花は四人を座敷に上げ、速やかに板場へ戻って燗をつける。又五郎も直ちに鍋を火にかけ、湯豆腐を作り始めた。

店は徐々に活気づいていき、二十人も入れば一杯になってしまう梅乃は、この夜も一刻（二時間）後には満席になった。そのほとんどが、お島の代から通ってくれている常連たちで、冬花も又五郎もありがたく思っている。お客たちに感謝しつつ、冬花は心を籠めてもてなし、又五郎とともに料理を作るのだ。

梅乃は、夜はだいたい七つ半（午後五時）から、木戸が閉まる頃の四つ（午後十時）まで開けている。五つ半（午後九時）近くになると店が空《す》き始めるので、冬花と又五郎はようやく一息つけるようになる。板場でお茶を啜って喉を潤していると、蔀戸が開く音が聞こえた。

冬花が出ていくと、見慣れた姿があった。冬花はぱっと顔を明るくさせ、淑やかにお辞儀をした。

「いらっしゃいませ。……お待ちしておりました」

そのお客は冬花に大きな風呂敷包みを差し出した。

「薩摩芋《さつまいも》だよ。うちの畑で穫れたんでね。よかったら食べておくれ。冬花さん、薩摩芋は好物だろう」

「まあ、ありがたくいただきます。国義《くによし》様がお作りになるお野菜はとても美味しいので……嬉しいです、本当に」

冬花は風呂敷包みを受け取って胸に抱きながら、色白の頬をほんのり染める。国義に
国義は目を細め、頷いた。

この池畑《いけはた》国義は、実は冬花の憧れの男である。頑固で奥手な冬花だが、国義には惹かれているのだ。

町奉行所の元同心である国義は、家督を息子に譲って、今は隠居して向嶋《むこうじま》の小梅《こうめ》村で下働きの男とともにのんびりと暮らしている。

齢《よわい》五十七で、穏やかな物腰、飄々《ひょうひょう》とした佇《たたず》まい、ごくごく平凡な見た目であるが、冬花はどうしてか三十一も歳の離れた国義へ思いを寄せている。

国義は笑うと目が細まり、いっそう柔和《にゅうわ》な面立《おもだ》ちになる。その顔が、日溜まりで居眠りをしている猫に似ていると、冬花は思う。国義の笑顔を見る度、冬花の胸はきゅんとなるのだ。

国義は同心として働いていた頃からの馴染みのお客だ。隠居してからは趣味の釣りのほか、畑仕事や盆栽作りにも精を出している。畑で穫れた作物を今日のように冬花に届けてくれることも、よくあった。

冬花は国義を座敷へ上げると、風呂敷包みを抱えていそいそと板場へと向かう。頬を染めている冬花を横目で見つつ、又五郎は料理を作り始めた。

　冬花はまずは酒とお通しとお絞りを国義へ運んだ。大根の葉の唐辛子《とうがらし》炒《いた》めに舌《した》鼓《つづみ》を打つ国義に、冬花は婀《たお》やかに酌をした。行灯の柔らかな明かりの中、国義は静かに酒を呑む。

　又五郎が料理を運んできた。百合根《ゆりね》の梅肉和《ばいにくあ》えだ。小皿に盛られたそれを見て、国義は相好を崩した。白い百合根と紅《あか》い梅肉の彩りは、見た目も美しい。

　国義が箸を伸ばし、一口味わう。仄《ほの》かな甘みのある百合根と、梅肉が相俟《あいま》って、上品な甘酸っぱさが口の中に広がる。国義の柔和な顔が、居眠りをしている猫のようなそれになる。つられて、冬花も笑みを浮かべた。

　冬花に注《つ》がれた酒を啜り、国義は息をつく。白髪《しらが》が混じった髷《まげ》は丁寧に結われ、鶯《うぐいす》茶《ちゃ》色の小袖は、おっとりとした国義によく似合っている。

　次の料理は、烏賊《いか》と里芋《さといも》の煮物だった。湯気の立つ煮物の匂いを吸い込みながら、国義は又五郎に告げた。

「冬花さんとお前さんのぶんも、盃を持ってきなさい。酒ももう一本」

「かしこまりました。ありがとうございます」

　又五郎は一礼し、板場に戻る。冬花は深々と礼をした。

「申し訳ございません。いつもお気遣いいただいて」

「旨い料理でもてなしてくれる、そのお礼だよ」

国義は微笑み、箸を伸ばす。この烏賊と里芋の煮物は、国義の大好物なのだ。一口頬張り、まだ熱かったのか、国義は口を手で押さえて、目を白黒させた。

「大丈夫ですか」

冬花は慌てて国義の背中をさすろうとするも、国義は呑み込み、ふぅと息をついた。

「いや、失礼。欲張って口に入れ過ぎてしまったようだ」

冬花は手をそっと引っ込め、頬を仄かに紅潮させた。

「お水かお茶をお持ちいたします」

立ち上がろうとすると、国義は引き留めた。

「大丈夫だ。この料理には、やはり酒がよい」

国義は笑みを浮かべて盃を呑み干し、冬花はまた酌をした。烏賊の旨みが里芋にまで染み込んだ料理を、国義はゆっくりと味わう。又五郎が盃を持ってきたので、三人で酌み交わした。又五郎はきゅっと呑み干し、頭を下げた。

「ご馳走様です。お心遣い、いつもありがとうございます」

「頑固に味を追求するその姿、恐れ入るよ。なにやら、ここを訪れる度に、料理が旨くなっているような気がするぞ」

　和《なご》やかな笑いが起きる。又五郎は冬花に目を向けた。

「この店では私だけでなく女将も頑固ですからな。そういえば、先代の女将もそうでした」

「本当ね。梅乃は頑固者の集まりなのですわ」

　お酒を少し呑み、冬花の口調もまろやかになる。国義が口を挟んだ。

「だが、鮎太は頑固という訳ではないだろう。それとも齢五つにしてその片鱗《へんりん》を見せているかい」

　冬花と又五郎は顔を見合わせた。

「あの子はどうでしょう。……あ、でも、やはり片鱗はございます。あの子、手習い所へ通うようになってから、お習字を何度も何度も書き直しているんです」

「ほう。よい評価をもらいたいのだな」

「私もそう思っていたのです。でも、同じ字をあまりに何度も書いているので、不思議に思って訊《たず》ねてみたんです。それほど上手になりたいの、って。そうしたら鮎太ったら、思うような字を書けるまで稽古《けいこ》しているんだ、って。自分が納得するような字が書けるまで、続けていたのです」

国義は酒を啜り、笑った。

「それは頑固だ。自分が納得するまで何かを追求するなど、冬花さんや板前に通じるものがあるな。やはりここの者たちは、頑固者ばかりだ」

「本当ですな。女将の頑固さが皆に伝染《うつ》ったってことでしょう」

「あら、板前の頑固さが、でしょう。私より前からここで働いているのですもの」

「あ、それもそうかもしれません。失礼しました」

冬花に軽く睨《にら》まれ、又五郎は頭を掻く。国義に注がれた酒をもう一杯だけ呑むと、又五郎は一礼して、板場へと戻った。

冬花に酌をされ、国義は目を細めて味わった。

「鮎太もいい子に育っているな。冬花さんの育て方がよいからだろう」

冬花は、国義には鮎太の出自について話してあった。鮎太にもしものことがあった時には、元同心として力になってもらいたいからだ。国義も冬花の気持ちをよく分かっているようで、できる限り力添えすることを約束してくれていた。

鮎太の出自について知っているのは、冬花と又五郎、そして国義の三人のみということになる。冬花は国義のことを、それだけ信頼しているのだ。

「いえ、あの子の持って生まれた気性がよいのです。この頃では、手習い所から帰ると、お店のお掃除や簡単な仕込みなどもお手伝いしてくれるんですよ。助かっております」

鮎太を褒められると、冬花は自分のことのように嬉しい。眦《まなじり》を下げる冬花を、国義は優しい眼差しで見ていた。

又五郎が、淡雪蕎麦《あわゆきそば》を運んできた。蕎麦に泡立てた卵白《らんぱく》をかけたものだ。ふわふわの卵白は、まるで淡雪がかかっているように見えるので、その名がついた。こちらも国義の大好物である。国義は顔をほころばせた。

「寒い時季に食べるのは、いっそう風流だ」

蕎麦には、箸休めで海苔の佃煮《つくだに》も添えられている。新海苔の時季なので、いっそう薫り高くて美味しい。淡雪蕎麦に海苔の佃煮を載せて食べるのも、乙《おつ》なものである。

見た目を損なわないように汁は少なめにかけているので、まさに蕎麦の上に雪が薄らと積もったかの如くだ。国義は汁を啜って笑みを浮かべ、淡雪を溶かしつつ、蕎麦を手繰《たぐ》り始めた。静かな部屋に、蕎麦を啜る音が響く。

冬花はほんのりと頬を染め、国義を見つめていた。

冬花は国義を慕《した》っており、国義も冬花を気に懸けて可愛がってくれている。だが、それは娘に対するような思いであろうと、冬花も分かっていた。

国義の心の中には、四年前に他界した妻の面影《おもかげ》がまだ残っていることに、冬花は薄々気づいている。それでも冬花は、国義にときめいていたいのだった。

二

冬花はいつも明け六つ（午前六時）に起きて、朝餉《あさげ》の支度《したく》を始める。この時季の明け六つはまだ薄暗い。冷え込む朝、冬花は白い息を吐きながら、竈《かまど》に火を熾《おこ》す。

陽が昇り、明るくなってきた頃に、鮎太が起きて二階から下りてきた。すると納豆売りの声が聞こえてきたので、冬花は鮎太にお使いを頼んだ。二人分の八文《もん》を渡す。

「お願いね」

「うん。……じゃなくて、はい」

鮎太は澄んだ声を響かせ、裏口を飛び出していく。すぐに買って戻ってきた鮎太の頭を、冬花は撫でた。

「ありがとう。鮎太がお手伝いしてくれるから、本当に助かるわ」

「よかった。何でも言いつけてね」

鮎太はにっこり笑い、円らな目を瞬《しばたた》かせた。

二階の部屋に膳を運び、冬花と鮎太は向き合って食べる。炊き立てのご飯に、ほうれん草と豆腐の味噌汁、焼き鮭《ざけ》、納豆、沢庵《たくあん》だ。鮎太は朝から元気よく、ご飯を頬張った。

「急いで食べちゃ駄目よ。喉に痞《つか》えてしまうわ。お魚の骨にも気をつけてね」

「はい」

素直に頷き、鮎太は味噌汁を啜る。この頃は、箸使いもだいぶ上手になっている。冬花は目を細めて鮎太を見つめた。

朝餉を食べ終えて片付けた頃、達雄とお葉が鮎太を迎えにきた。毎朝、三人仲よく手習い所へ行くのだ。鮎太を連れて冬花が裏口に出ると、二人は笑顔で声を揃えた。

「おはようございます」

冬花は二人に微笑みかけた。

「おはようございます。毎朝迎えにきてくれてありがとう。今日も元気にいってらっしゃい」

「はい、いってきます」

冬晴れの空の下、三人は笑顔で手習い所へ向かった。冬花は半纏《はんてん》に首を埋めながら、子供たちの姿が見えなくなるまで見送った。

それから冬花は急いで近所の〈桃《もも》の湯《ゆ》〉へ行き、温まった。店を終う頃には湯屋も終っているので、この刻限に入りにいくのがちょうどよいのだ。店が休みの日は鮎太と一緒に湯屋へ行くこともあるが、鮎太はたいてい湯浴《ゆあ》みで済ませている。夕刻、店が始まる前に裏庭で、湯を張った桶に浸からせ、躰を洗ってあげるのだ。鮎太は湯浴みがとても好きで、寒い冬でも嬉々としている。鮎太曰《いわ》く、小さな温泉に入っているみたい、とのことだ。鮎太は温泉にはまだ行ったことはないが、冬花の話や絵草紙などで漠然と知っている。

――それほど好きなら、五右衛門《ごえもん》風呂を買って、裏庭に置こうかしら。でもまだ早いかもしれないわね。あの子がもう少し大きくなったら……。

そのようなことを考えながら湯から上がり、急いで家に戻って、身支度を整え、店の掃除をする。

五つ半（午前九時）を過ぎた頃、又五郎が出てきて、一緒に仕込みを始める。昼の出前は四つ半（午前十一時）からなので、それに間に合うよう、手際よく進めていった。

今日は芝居小屋の楽屋に、幕間《まくあい》の弁当を届ける予定だ。どのような品書きにするかは相談済みである。

又五郎は牛蒡《ごぼう》をささがきにし、冬花は人参《にんじん》を千切りにする。

「金平《きんぴら》は多めに作って、鮎坊の昼餉に回しますか」

「そうね。あの子、人参をなかなか食べられなかったのに、近頃は喜んで食べるようになったもの。牛蒡も苦手だったのに克服して、今では金平は大好物よ」

手習い所はだいたい五つ（午前八時）から八つ（午後二時）までだが、鮎太たちは今年入ったばかりなので、九つ（正午）には帰ってきて家で昼餉を食べていた。

「それは女将の努力ですわ。鮎坊に食べさせようと、人参の料理、工夫してましたものなあ」

「又五郎さんにも色々教えていただき、その節はありがとうございました。私たち二人のおかげよね、あの子が人参を食べられるようになったのは」

「まあ、そういうことかもしれませんな」

二人は微笑み合う。竈を焚き、鍋を火にかけ、板場はすっかり暖まっていた。


弁当の用意ができると、冬花はそれを持って店を出た。向かう先は、堺町《さかいちょう》にある小芝居小屋の〈天海座《あまみざ》〉だ。本船町近くの堺町や葺屋町《ふきやちょう》界隈には、中村座《なかむら》や市村座《いちむら》や小芝居の玉川座《たまがわ》など芝居小屋が多く、賑わっているのだ。官許の芝居小屋は江戸三座であるが、簡易な作りの小芝居小屋も建てられていた。しかし、櫓《やぐら》を上げること、引幕、回り舞台、花道を使うことなどは許されていなかった。

出前はなるべく冬花が届けるようにしている。岡持ちを使うこともあるが、今日は数人分の弁当だったので風呂敷に包んだ。

近所の人たちに挨拶しながら風花通りを行き、米河岸へと出て、荒布《あらめ》橋を渡り、照降町《てりふりちょう》へと進む。この辺りは掘割《ほりわり》に囲まれており、魚河岸や米河岸に荷を運ぶ舟が行き交っている。親父《おやじ》橋を渡って少し行くと堺町になる。ここには中村座があり、今月は役者たちの顔見世《かおみせ》興行となるため大いに賑わっていた。天海座には何度か出前を届けにきたことがあるので、場所は分かっている。江戸三座のような風格はないが、極彩色《ごくさいしき》の幟《のぼり》がいくつも掲げられ、こけおどしのような派手さに満ちていた。

「ごめんくださいまし。本船町の梅乃でございます。出前をお届けに参りました」

入口で声をかけると、小屋主が現れて、冬花を裏口へと案内して楽屋へと通した。

ちょうど幕間で、立役者の祭野染十郎《まつりのそめじゅうろう》がご贔屓《ひいき》たちに囲まれていた。中村座などよりはこぢんまりとしているが、やはり独特の熱気は伝わってくる。染十郎は、どうやらご贔屓たちと昼餉を楽しむようだ。

「お待たせいたしました」

冬花は丁寧に頭を下げると風呂敷包みを開いて、弁当を取り出す。曲げわっぱを眺めながら、染十郎は化粧を施した顔に妖艶《ようえん》な笑みを浮かべた。切れ長の目の、すらりとした優男だ。

「寒いところ、ご苦労さん。これ、取っといて」

懐《ふところ》から包みを取り出し、ぽんと投げる。畳に落ちたそれを拾って、冬花は目を瞬かせた。

「いえ、このようなことは」

するとご贔屓の中の、踊りの師匠でもしているような華やかな女が声を上げた。

「あら、遠慮せずに受け取っておきなさいよ。祭野染十郎といえば、今や江戸三座の役者たちにも引けを取らぬ売れっ子よ」

「そうよ。染十郎様にとってみれば、そんなの、はした金なんだから」

大店《おおだな》の若内儀といった雰囲気の女も口を挟む。目鼻立ちのはっきりとした美女だが、どことなく刺《とげ》のある口ぶりだ。

冬花は黙ってしまった。すると、取りなすように、大店の大旦那らしき男が言った。

「ところで弁当の品書きは何かな」

「はい。……ご飯のほかは、鮭の幽庵《ゆうあん》焼き、竹輪《ちくわ》の磯辺《いそべ》揚《あ》げ、椎茸と蒟蒻《こんにやく》の煮物、金平牛蒡、出汁巻き玉子、紅白蒲鉾、大根の甘酢漬けでございます」

冬花が小さな声で答えると、また別の派手な女が微笑んだ。

「美味しそうじゃない。そういう素朴《そぼく》なお弁当って好きよ、私」

「素朴で悪うござんした。今日は俺の奢りなんだけれどな」

染十郎は膨れっ面になる。すると派手な女は染十郎にもたれかかった。

「あら、ごめんなさい。許して。ね、ご祝儀弾んじゃうから」

すると染十郎、すぐさま態度を変え、女の肩を抱いた。

「いいってことよ。紅文字姐《べにもじねえ》さんの気持ちはよく分かっているぜ」

「さすがは染十郎様。優しいのねえ、もう」

紅文字と呼ばれるところを見ると、常磐津《ときわず》の師匠なのだろう。常磐津の師匠には、名前に「文字」とつく者が多い。紅文字は染十郎の首に腕を回して、甘えてはしゃぐ。そんな二人を、大店の若内儀風の女は睨《ね》めるように見ていた。

冬花は目を伏せ、弁当を並べ終えると、腰を上げた。

「では、これで失礼いたします」

丁寧にお辞儀をし、染十郎からの心付けは畳に置いたまま、冬花は立ち去った。

天海座を出てから、冬花はけばけばしい色使いの看板をよく眺めた。今上演しているのは近松門左衛門《ちかまつもんざえもん》の『女殺油地獄《おんなころしあぶらのじごく》』、染十郎は河内屋与兵衛《かわちやよへえ》の役を演じているようだ。与兵衛は放蕩《ほうとう》息子で、借金を返すためについには殺人にまで手を染めてしまう悪党である。

――染十郎さんは、与兵衛の役にぴったりかもしれないわ。

冬花は苦い笑みを浮かべつつ、来た道を戻っていった。

梅乃に着くと、鮎太はもう帰ってきていた。夜の開店に向けて、畳を熱心に乾《から》拭《ぶ》きしてくれている。鮎太は冬花の顔を見ると、元気な声を出した。

「お母さん、お帰りなさい」

「ただいま。鮎太もお帰りなさい。今日はどうだった」

「楽しかったよ。新しい文字を習ったんだ。……あ、そうだ。お手伝いが済んだら、達雄ちゃんのところに遊びにいってもいい？　耕次《こうじ》お兄ちゃんが、お相撲を教えてくれるっていうんだ」

耕次とは、達雄の両親が営む布団屋〈丸よし〉の手代である。

「まあ、それはいいわね。しっかり教えてもらいなさい。でもあまり遅くなっては駄目よ。七つ（午後四時）には戻っていらっしゃい。お兄ちゃんだってお仕事があるからね」

「分かってる」

鮎太は大きく頷き、再び熱心に乾拭きを始める。そのけなげな姿に、冬花は目を細めた。

丸よしの手代の耕次は、齢二十四。二年前から住み込みで働いている。大柄で熊のような風貌ながらとても優しい耕次は、達雄や鮎太に好かれていた。なんでも力士を目指していたことがあったそうで、達雄の父親も、その腕力を見込んで雇い入れたようだ。用心棒代わりになるからだろう。今では耕次は達雄の相撲の指導をも任されており、先月の町内の子供相撲大会では行司《ぎょうじ》を務めた。ちなみにその時、達雄は優勝こそ叶わなかったが準決勝まで残り、五つでそれは立派だと、皆に褒められた。達雄のその雄姿《ゆうし》を見て、鮎太も相撲に興味を持ったようで、小さな躰で四股《しこ》を踏んだりしては喜んでいる。耕次の教え方は丁寧で怪我《けが》の心配もないようなので、冬花も安心して鮎太を習わせることができた。

手伝いを終えた鮎太が出かける時、冬花は包みを渡した。

「急いで作ったの。かりんとうよ。皆で食べてね」

「わあ、ほかほかだ。いい匂いがする。ありがとう、お兄ちゃんも達雄ちゃんも喜ぶよ。お母さんが持たせてくれるお菓子、いつも美味しいって言ってるもん」

鮎太は包みを鼻に近づけ、揚げたての芳ばしい匂いを吸い込む。冬花は鮎太の小さい頭を撫でた。

「気をつけていってらっしゃい。お稽古が終わったら、お兄ちゃんにお礼を言うのよ」

「うん！　……じゃなくて、はい、お母さん。あ、それから」

「なあに」

「金平牛蒡、とっても美味しかったよ。ご飯に載せて、ぺろりと食べちゃった」

「それはよかったわ。鮎太、偉いわね。人参、ちゃんと食べられるようになって。ますます大きくなるわ」

「強くなれるよう、お相撲の稽古も頑張るよ。いってきます」

包みを抱えて鮎太は飛び出していく。冬花は笑顔で鮎太を見送った。


八つ半（午後三時）を過ぎた頃、冬花が又五郎と一緒に夜に向けての仕込みをしていると、なにやら外が騒々しい。何事かと蔀戸を開けてみると、通りを駆けていく者たちが目に入った。すると絵草紙屋の女主人のお歌《うた》が声をかけてきた。

「あら女将さん。たいへんなことが起きたみたいよ」

お歌は齢二十九、元は柳橋《やなぎばし》の芸者で、大店の大旦那に身請《みう》けされて絵草紙屋の主に収まった。絵草紙屋を営んでいる女には、お歌のように、妾《めかけ》の立場の者が結構いる。旦那に囲われ、おまけに店を持たせてもらうという訳だ。元芸者だけあって、お歌は小股の切れ上がった、色香漂う美女である。

　冬花はお歌を見つめ、目を瞬かせた。

「何が起きたのですか」

「堺町の小芝居小屋の舞台の上で、役者が血を吐いて倒れたんですって。上演されていたのは『女殺油地獄』、ちょうど山場の、与兵衛がお吉を殺《あや》める場面で血を吐き出したから、観客たちもいっそう衝撃で、大騒ぎになってしまったみたい。与兵衛に短刀を突き刺されそうになって、大きくのけぞったお吉の白い顔に、血がぼたぼた降りかかったっていうのよ。実際に死にそうになったのは、下手人を演じたほうの役者だったのだから、観客たちも吃驚《びっくり》して当然よね」

「『女殺油地獄』の舞台で起きたのですか……」

「そうみたいね。血を吐いた役者ってのは、近頃話題の、祭野染十郎ですって。ご存じ？」

　冬花は息を呑んだ。

「知っています。……先ほど、その方の楽屋に、お弁当を届けたんです。その時はお元気だったのですが、ご病気だったのでしょうか」

「ええ、そうだったの？　さっき会ったばかりなら、尚更《なおさら》驚くわよね。病気だったかどうかは知らないけれど、舞台はもちろん中止、すぐに医者を呼んで診《み》てもらったみたいで命は取り留めたようよ。でも、予断を許さぬ状況ですって」

染十郎のにやけた顔が、冬花の脳裏《のうり》に浮かぶ。

「そうなのですか。……ご無事でいらっしゃればよろしいですね」

「なにやら町方のお役人たちも出張ってきているみたいよ。大事にならなければいいけれど」

「本当に」

冬花は溜息をつき、腕をさすった。仕込みの途中、襷《たすき》がけのまま外に出たので、白い細腕に寒さが沁みるようだった。


七つになる前に、約束どおり鮎太は帰ってきた。

「あのね、お兄ちゃん、とっても優しく教えてくれたよ。四股の踏み方とか、立ち合いの仕方も。丸めた布団を手で打って、突っ張りの稽古もしたんだ。楽しかったよ」

鮎太はふっくらした頬を紅潮させ、興奮冷めやらぬような面持ちで報《しら》せる。冬花は鮎太をそっと抱き寄せた。

「よかったわね。怪我はなかった？」

「大丈夫だよ。お兄ちゃんは怪我させるような稽古はしないもん。それにおいらは怪我したっていいんだ。強くなるには怪我することも必要だよね」

鮎太は冬花を見上げ、円らな目を瞬かせる。冬花はその頰を指で軽く突いた。

「まあ、鮎太ったら、一人前なことを言うようになったわね。確かにそうかもしれないけれど、無茶しては駄目よ」

「はい。無茶はしないで頑張るよ。お兄ちゃんに言われたんだ。自分の身を自分で守れるぐらいには強くならないとな、って」

「確かに……そうね。鮎太は男の子ですもの。そうなれるよう、お稽古つけてもらいなさい。でも、お兄ちゃんのご迷惑にならないようにね」

「はい。あ、かりんとう、皆で美味しく食べたよ。お兄ちゃんと達雄ちゃんが、お母さんに、ありがとうって」

鮎太は大きな声で言うと、裏井戸へ手を洗いにいった。

又五郎が板場から出てきて、冬花に甘酒を渡した。

「夕餉の刻《とき》まで少しありますんで、鮎坊にこれでも吞ませてあげてください」

温かな甘酒は、心が落ち着くような、馨《かぐわ》しい匂いを放っている。冬花は微笑んだ。

「ありがとう。お稽古の後で、お腹が減っているでしょうから、喜ぶわ」

又五郎は一礼し、板場へと戻る。ぶっきらぼうな優しさが伝わってきて、冬花は目を細めた。

戻ってきた鮎太に甘酒を渡し、それを持って二階へ上がるのを見届ける。その時、不意に蔀戸が叩かれた。入口には《只今仕込中》の札を下げている。冬花は首を傾《かし》げながら、声をかけた。

「はい。どちらさまでしょう」

すると、はきはきとした大きな声が返ってきた。

「町方の者だが、訊ねたいことがあって参った」

町方と聞いて、冬花の目が見開かれる。板場にまで声が響いたのだろう、又五郎も顔を覗《のぞ》かせた。

冬花が急いで蔀戸を開けると、そこには同心の姿があった。後ろに岡っ引きを連れている。同心と目が合い、冬花の心は揺れる。冬花は胸を手で押さえながら、訊き返した。

「はい。どのようなことでございましょう」

又五郎も出てきて、口を挟んだ。

「入口ではなんですから、中に入ってください」

「かたじけない」

長身で堂々とした体軀《たいく》の同心は一礼し、岡っ引きを連れて梅乃に入った。冬花は二人を座敷に上げ、向かい合って腰を下ろした。又五郎がすぐにお茶を運んでくる。

同心はまだ若く、端整《たんせい》な面立ちの二枚目だ。ただ、冬花は何事かと動転していて、気にも留めなかった。

同心はお茶を啜り、心細げな冬花をじっと見つめていたが、岡っ引きに肘《ひじ》を突かれて口を開いた。

「私は北町奉行所定町廻《じょうまちまわ》り同心の、池畑国光《くにみつ》と申す。本日は、堺町の小芝居小屋での殺しの件で話を訊きたく、参った」

冬花は目を瞬かせた。

「池畑……様でいらっしゃいますか」

「さよう」

国光の背筋は真っすぐ伸び、姿勢もよい。冬花は胸に手を当て、国光を眺めた。そして、おずおずと訊ねる。

「あの、もしや、池畑国義様のご子息様でいらっしゃいますか」

今度は国光が目を瞬かせた。

「父上のことを知っておるのか」

「はい……存じ上げております。うちの店に、時折いらしてくださいますので」

「そうだったのか。……いや、父上も隅には置けぬな。このような女《ひと》がいる店に通ったりして」

小声でぶつぶつと呟《つぶや》く国光の肘を、岡っ引きがまた突く。国光は姿勢を正して、冬花を見つめた。

「父上が世話になっているとのこと、礼を申す。其方《そなた》にいくつか訊ねたきことがあるのだ」

「はい。構いません。どのようなことでもお訊きくださいませ。私はこの梅乃の女将の、冬花と申します」

冬花は改めて恭しく一礼すると顔を上げ、国光を真っすぐに見つめ返した。国光の頬がほんのり紅潮したことを、冬花は気にもかけなかったが、岡っ引きは気づいたようだった。

国光は咳払いをして、問い始めた。

「うむ。其方は今日の午《ひる》、天海座に弁当を届けたと聞いた。染十郎の楽屋へ持っていったのだな」

「はい、さようでございます。染十郎さんとご贔屓の皆様の分も合わせて、六人分をお届けいたしました」

「その時のことを詳しく話してくれないか。どんな様子だったのだ」

冬花は思い出しつつ、答えた。

「私はお届けしてすぐに帰りましたので、はっきりとは覚えておりませんが、ご贔屓の皆様のうち四人が女人《にょにん》で、一人が男の方でした。さすがは役者のご贔屓筋といった雰囲気で、皆様、些《いささ》かお派手と申しますか、ご裕福そうでした」

国光は腕を組んだ。

「うむ。それで……言い難《にく》いのだが、どうやら染十郎は毒を盛られたようなのだ」

冬花は目を見開き、手で口を押さえ、言葉を失ってしまう。国光は渋い顔で続けた。

「それで毒は弁当に入れられていたのではないかという疑いが持ち上がり、こちらを訪ねたという訳だ。しかしながら、弁当を一緒に食べた贔屓筋の者たちは誰もどこも具合が悪くなっていない。染十郎の弁当にだけ毒を入れたとも考えられるが」

国光は冬花を見据えた。

「其方が入れた訳ではあるまいな。もしくは板前が」

冬花は項垂《うなだ》れた。

「信じていただきたいのです。私がそのようなことをするはずがございません。板前も然《しか》りです。第一、理由がございません。私は染十郎さんという方に、今日初めてお会いしたのですから」

国光はお茶で喉を潤しつつ、冬花を眺めた。

「うむ。そのあたりは調べさせてもらうが、其方の言葉に嘘《うそ》はないと私も思う。実は、染十郎は休憩の後も舞台が控えていたゆえ、弁当を少し食べ残していたのだ。やはり満腹では演じ難いのだろうな。その食べ残した弁当を詳しく検《あらた》めてもらっている。毒が入っていたか否《いな》か、もうすぐ分かるだろう」

「そうなのですか」

「うむ。毒が見つからなかった場合、疑いは晴れる。もし見つかってしまった場合は……」

「奉行所へ連れていかれてしまうのでしょうか」

冬花は目を伏せ、長い睫毛《まつげ》を微かに震わせる。国光も少し俯《うつむ》いた。

「贔屓筋の誰かが染十郎と一緒に食べながら、こっそり毒を忍ばせたという線も考えられるだろう」

冬花は顔を上げ、国光を見た。

「そのようなこと……できるのでしょうか」

「鼠捕《ねずみと》りにも使われる石見《いわみ》銀山は無味無臭なので、気づかれぬように巧《うま》く混入することができるかもしれぬ」

お茶を啜る国光を眺め、冬花はぽつりと口にした。

「お茶に……混ぜたということも」

「うむ。お茶と酒も調べてもらっておる。確かに食べ物よりは飲み物のほうが混ぜやすいだろう」

「お茶や酒から見つかれば、こちらの女将さんの疑いは晴れますものね」

岡っ引きの弥助《やすけ》が口を挟んだ。齢三十五、六だろうか、がっしりとした浅黒い肌の男だ。冬花は溜息をついた。

「皆様、お昼から呑んでいらしたのですね」

「うむ。贔屓筋の者たちには残ってもらって、今、奉行所の者が色々と訊ねている。それで確認を取りたいのだが、弁当を届けにいった時その場にいたのは、常磐津の女師匠、踊りの女師匠、大店の大旦那と内儀、大店の若内儀。その五人で間違いはないだろうか」

冬花は思い出しながら、頷いた。

「はい、間違いございません」

「何か変わったことはなかったか。何でもいいのだ、思い出してくれると助かる。皆、和やかな雰囲気だったか」

冬花は首を少し傾げた。

「いえ……和やかではなかったと思います。その、言い方は悪いかもしれませんが、なにやら少し刺々《とげとげ》しかったと申しますか」

「ふむ。贔屓筋の者たちの間では、役者に気に入られようと、競争の如き感情が芽生えてしまうのかもしれぬな。誰が特に刺々しかったのだろう」

冬花は口ごもる。常磐津の師匠らしき女が染十郎にもたれかかった時の、大店の若内儀らしき女の睨むような目つきを思い出した。しかし冬花は、口には出さなかった。

「そこまでは……分かりかねます。染十郎さんを巡って、女の皆様は、色々な思いがおありでしょうが」

国光は一息ついて訊ねた。

「染十郎はいい男だと聞く。……其方から見て、どうだった？　やはりいい男だと思ったか」

冬花は目を瞬かせた。

「いえ……私は別に。あのような軽薄な男の人は、正直、苦手でございます」

すると国光の整った顔に、笑みが浮かんだ。

「うむ。ならばよい。女たらしのにやけた男には、くれぐれも注意するように」

「はい。……恐れ入ります」

冬花は礼をしつつ、国光を窺《うかが》い見た。初めは緊張していたものの、それが解《ほぐ》れてきたので、あれこれと考える。

――国光様は、国義様にはあまり似ていらっしゃらないわ。お母上様似でいらっしゃるのかしら。少し頼りないような気もするけれど、人は好《よ》さそうね。

冬花は国光に対して、国義の息子ということにのみ、関心を抱いた。

一方、国光は冬花を眺めて、探索中だというのに、なにやら妙に機嫌がよい。その様子を岡っ引きの弥助は微笑ましく眺めていた。

国光たちが帰ると、冬花は又五郎に事情を話して溜息をついた。

「おかしな噂《うわさ》が流れなければいいけれど。うちのお弁当に毒が入っていたなどという噂が広まったら……いったいどうなるのかしら。いくら潔白だといっても、人の口には戸は立てられないものね」

又五郎も顔を顰《しか》める。

「とんだ、とばっちりですわ。大事にならないことを祈るばかりです」

冬花はふと思った。

——お島お母さんなら、どうしたかしら。こういう時。

お島の大らかな笑顔が、冬花の瞼《まぶた》に浮かんだ。すると冬花の口から言葉が衝《つ》いて出た。

「疚《やま》しいことはないのだから、堂々としているしかないわね。うちには古くからのお客様が多いから、大丈夫よ、きっと。うちがそのようなことをする訳がないって、皆様、分かってくださるわ」

又五郎は腕を組み、皺《しわ》の刻まれた顔をほころばせた。

「女将は細やかでいながら、肝《きも》が据わっているところもありますな。そういう前向きな考え方、好ましいですわ」

「肝が据わっていなければ、女将なんて務まらないのよ」

不安を抱えながらも、冬花は微笑んでみせる。

「まあ、町方の旦那が真の下手人をさっさと捕まえてくれれば、それで済むことですがね」

「そうね。そうなるよう祈りましょう。……大丈夫よ、国義様のご子息ならば」

「少し頼りなさそうですがね」

二人は顔を見合わせ、苦い笑みを浮かべた。

三

弁当の食べ残しを調べた結果、染十郎が飲んだお茶に毒が入っていたということが分かった。ごく微量の石見銀山であった。幸《さいわ》い染十郎は一命を取り留めたものの、休養が必要となった。

お茶は、冬花が帰ってから配られたものだったと分かり、あの時染十郎を取り巻いていたご贔屓たちに疑いの目が向けられることとなった。

常磐津の女師匠の、紅文字。

踊りの師匠の、藤間花扇《ふじまかせん》。

蠟燭《ろうそく》問屋〈鷺嶋屋《さぎしま》〉源兵衛《げんべえ》と、その内儀お照《てる》。

口入屋〈江原屋《えばら》〉若内儀の渚沙《なぎさ》。

鷺嶋屋と江原屋は、いずれ劣《おと》らぬ大店だ。

紅文字と花扇は染十郎と同じく齢三十前後。

源兵衛は六十手前、お照は五十五。

渚沙は二十四とのことだ。

探索を進めるうち、最も怪しいと見られたのは、江原屋の渚沙だった。渚沙は、染十郎の熱心な贔屓だったが、最近冷たくされていたというのだ。

――染十郎様、渚沙さんがしつこいと、愚痴《ぐち》をこぼしていましたよ。

そう話したのは、鷺嶋屋のお照だった。

――なんでも悋気《りんき》なご気性《きしょう》のようで、染十郎様が他の女人と話しただけでも、立腹するのだとか。人気役者に対して、何を言っているのかと思いますよ。嫉妬《しっと》深い女は本当に嫌だと、染十郎様は嘆《なげ》いておられました。あの日も、常磐津の女師匠さんが染十郎様にちょっともたれかかっただけで、渚沙さん、女師匠さんのことを睨みつけていましたからね。

紅文字も、こう証言した。

――あの日、若内儀さんの態度は、確かに酷いものでした。やけにツンケンしてらしてね。私は染十郎様の左手に座っていたのですが、あの方は踊りの師匠さんたちを押しのけて右手に腰を下ろしましてね、私を監視するように、ずっと睨みつけながら召し上がっていました。私、うんざりしてしまいまして、お茶を淹《い》れようと立ち上がったんですよ。そうしましたら、若内儀さんも立ち上がって、怖い顔で私の傍《そば》にくるのです。それでますますうんざりしてしまって、お茶を淹れるのをお任せして、私は再び腰を下ろしました。

紅文字の話から、お茶を淹れて配ったのは若内儀の渚沙だと分かった。ほかの者たちに確認しても、それは間違いないようだった。渚沙は染十郎に最近つれなくされており、その恨《うら》みから犯行に及んだのではないかと疑われた。

国光は、長谷川町《はせがわちよう》にある江原屋を訪ねて渚沙を問《と》い質《ただ》したが、青褪《あおざ》めた顔で覚えがないと言うばかりだった。

「なぜ私が染十郎様を殺《あや》めようとしなければならないのです」

「お前さんは紅文字のほうを殺めようとしたが、間違えて、毒を混ぜた湯呑みを染十郎に渡してしまった、とも考えられる」

国光が鋭い眼差しで切り込むと、渚沙は唇を震わせ、「酷い。濡《ぬ》れ衣《ぎぬ》です」と叫びながら泣き崩れてしまった。その傍で、渚沙の夫であり江原屋の婿《むこ》養子である笙次郎《しょうじろう》はおろおろするばかりだ。

見かねて、渚沙の母親である沙和《さわ》が口を出した。

「お役人様、どうぞ娘の部屋を隅々までお調べくださいまし。毒のようなものは決して出て参りませんよ」

渚沙の父親であり、沙和の夫であった甚右衛門《じんえもん》は三年前に亡くなっているので、今は笙次郎が後を継いでいた。ただ、笙次郎はまだ少し頼りないので、沙和が実権を握っているようだ。その沙和の了解を得たので、国光は渚沙の部屋を隈《くま》なく探してみた。だが、沙和が言うように毒などは見当たらなかった。

渚沙と違い、沙和は地味で控えめな雰囲気だが、大切な一人娘に疑いをかけられ、相当立腹しているようだった。国光が江原屋を去ろうとした時、大番頭が押し殺した声で告げた。

「何の証拠もございませんのに、あらぬ疑いをおかけになりますと、こちらにも考えがございますので」

大店の江原屋は、どうやら与力たちにも顔が利くようなので、国光は少々怯《ひる》む。

下手人を捕まえたいとは思っても、染十郎は無事に快復しつつある。騒がれた割にはそれほどの大事件でもないので、無理に下手人を引っ張ることもないと、上役に言われた。どうしたものかと国光が手をこまねいていると、どこで嗅《か》ぎつけたのか、瓦版《かわらばん》屋たちが面白おかしく書き立て始めた。

《嘘かまことか。大店の江原屋の美人若内儀、祭野染十郎を毒殺し損なう》

経緯《いきさつ》を書いた瓦版は売れに売れ、江戸中の者たちに知れ渡ってしまった。夫がいるにも拘《かかわ》らず、役者に夢中になって追いかけ回していたことが明るみに出て、渚沙は姦婦の烙印《らくいん》を押された。町の者たちはひそひそと噂した。

「酷いものねえ。旦那さんをほったらかして、役者に熱を上げて、その役者に冷たくされたら殺そうとするなんて。どういう育てられ方をしたのかしら」

「大店の一人娘ってことで、蝶《ちょう》よ花よと甘やかされて育ったんだろうな。江原屋の大内儀は堅実でしっかりしているのにねえ」

「どこが蝶なものですか。瓦版にも書かれていたわよ。とんだ狐女《きつねおんな》、ってね」

「女狐《めぎつね》ではなく、狐女か。何かに取り憑《つ》かれているってことだな」

「瓦版には二人で出合茶屋に行っていたなんて書かれていたけれど、本当かしら。若内儀、染十郎に相当貢《みつ》いでいたみたいね」

娘の不祥事で江原屋の信用もがた落ちになるかと思われたが、沙和の長年の心がけがよかったからか、商いにさほど影響はないようだった。先代の甚右衛門に尽くした沙和の内助の功は、いまだに活きているものと思われた。

一斉に渚沙に疑いの目がいくも、梅乃も何か関わっていたのではないかと怪しむ者たちは少なからずいるようだった。梅乃には根強いお客がいるとはいえ、このところ客足が些《いささ》か落ちていることは確かだ。あらぬ噂が立つ予感がして、冬花は気丈に振る舞いながらも、胸騒ぎを抑えられずにいた。


冬花が又五郎と一緒に仕込みをしていると、国光が再び訪れた。岡っ引きはついておらず、一人だ。

姉《あね》さん被《かぶ》りに襷がけ姿の冬花を眺め、国光は丁寧に頭を下げた。

「先日は突然現れて色々訊ねて、すまなかった。……これはそのお詫びだ」

菓子折りを手渡され、冬花は恐縮した。

「ご丁寧にありがとうございます。お気遣い、恐れ入ります」

「いや、まことに悪かった。其方……冬花さんを疑うようなことを言ってしまってな。本当に毒を忍ばせたかもしれぬ者は、今、たいへんなことになっておるが」

入口で腕を組む国光に、冬花は微笑みかけた。

「あの、ここではなんですから、中へお入りくださいませ」

「ありがたい。ここではちと寒いのでな」

国光も精悍《せいかん》な顔をほころばせた。

冬花は国光を座敷へと上げ、お茶と菓子を運んだ。

「よろしければ、お召し上がりください」

差し出された皿を見て、国光は、おっと声を上げた。

「これは旨そうだな。焼き立てか、いい匂いがするぞ。……餡《あん》が挟んであるが、今川《いまがわ》焼とは違うのか」

「今川焼ではございません。饂飩粉《うどんこ》と卵の黄身を混ぜ合わせた生地を厚めに二つ焼いて、その間に餡を挟んでみました。私、よく作るのです。子供が好きなもので。子供は、お母さん焼き、などと呼んでいます」

国光は冬花を見つめた。

「お子さんがいるのか」

「はい。でも……私が産んだ子ではございません。訳があって、知人から預かっているのです」

国光の顔が緩んだ。

「そうか……。やはり優しいのだな、冬花さんは。他人の子供を預かって育てているなんて」

「恐れ入ります。鮎太といって五つなのですが、近頃ではお手伝いもよくしてくれるんです。手習い所から帰ってきて、さっきまでお座敷を乾拭きしてくれていました。今は二階の部屋で、このおやつを夢中で食べていますよ」

「なるほど。お子さんに作ったところだったたゆえ、焼き立てをすぐに出してくれたという訳だな。……いただこう」

国光は手を伸ばし、お母さん焼きを頬張った。芳《こう》ばしい皮の間から、優しい甘さの餡が溢れ出る。国光は目を細めた。

「お子さんは幸せだな。こんなに旨いおやつをいつも味わえるなんて。懐かしい味がする。まさに、母親の味だ」

「嬉しいですわ、そのように仰っていただけて。……鮎太は、私のことを真の母親だと思っているのです。あまりに無邪気に信じ込んでいるから、私も本当のことを言いそびれてしまっていて」

「まだ言わぬでもよいのではないかな。もう少し大きくなってからでも」

「はい。私もそのように思っております」

冬花と国光は微笑み合う。国光はあっという間に平らげ、お茶を啜って満足げに息をついた。そしておもむろに、事件の経過を冬花に伝えた。

「……そのような訳で、江原屋の若内儀である渚沙に疑いがかかっているのだが、確かな証拠がないゆえに引っ張れなかった。あの時、実際にお茶を淹れて配ったのが渚沙だというから、十中八九、渚沙がやったことだと思うのだがな」

「渚沙さんの一件は、瓦版にも色々書かれたようですね。この近所でも噂になっているみたいです」

「うむ。江原屋にしてみれば災難だっただろうな。渚沙は江原屋の一人娘ゆえ、夫の笙次郎は婿養子だ。これまでも色々言われてきたらしいが、今度の件であらぬ噂を立てられて、笙次郎はますます肩身が狭くなってしまっただろう。渚沙の父親は既に亡くなっているので、母親の沙和が大内儀として江原屋を支えているが、気丈な沙和もさすがに参ってしまったらしい。沙和も娘の我儘《わがまま》な振る舞いに、予《かね》て頭を痛めていたようだな」

「江原屋の大内儀さんは人望が厚く、お店の人たちにも慕《した》われていると聞きました」

「そのようだな。沙和は娘と違い地味で控えめながら、仕事熱心だ。内儀の鑑《かがみ》と言われて評判がよい。それゆえに江原屋も傾かずに済んだという訳だ。……だが、渚沙もやはり人の子だ。『役者を殺しかけた狐女』などとまで噂され、さすがに寝込んでしまったという」

「まあ、それはお気の毒に」

冬花は胸に手を当て、眉根《まゆね》を寄せる。

「うむ。確固たる証拠がないゆえに捕縛されなかったのは不幸中の幸いだったが、それでも酷い痛手を受けたな。江原屋は、沙和、笙次郎、番頭たちで充分にやっていけるので、渚沙は寮で暫《しばら》く休養することになったそうだ。まあ、若内儀とは名ばかりで、前々から渚沙は商いなど二の次で、皆に任せて自分は遊び惚《ほう》けていたというから、江原屋にしてみれば大して変わらんのだろう」

娘は養生させたものの腹の虫が治まらなかったのだろう、沙和は瓦版屋に怒鳴り込みにいき、店先で一喝したという。

──これ以上うちの娘について根も葉もないことを書き立てたら、こちらも黙っておりません。覚悟しておきなさい！

沙和のその姿は凜とした気迫に満ちていて、眺めていた者たちは揃って感嘆し、巷《ちまた》では話の種になっているようだ。

江原屋は、向嶋は寺嶋《てらじま》村に寮を持っているとのことだ。

話が終わると国光は姿勢を正し、冬花に再び頭を下げた。

「改めて、冬花さんに疑いの目を向けてしまって、本当に悪かった。まことに失礼いたした」

冬花は慌てた。

「そんな……。お願いです、お顔を上げてくださいませ。お役人様が探索なさるうえで、人をお疑いになるのは仕方がないことですわ。それに、私、少しも不愉快ではございませんでした。この事件がきっかけで、池畑様にお会いできましたし」

国光は顔を上げ、大きな目をさらに見開いて冬花を見つめる。冬花の頬はほんのりと色づいていた。

「そっ、それはまことか。わっ、私も嬉しく思っているのだ、ふっ、冬花さんに会えたことを」

つい気が逸《はや》る国光に、冬花は微笑んだ。

「はい。この出会い、偶《たま》さかとは思えませんわ。……国義様のご子息様とお知り合いになれますなんて。池畑様を拝見しておりますと、国義様のお若い頃が目に浮かぶのです。国義様、とても優秀なお役人様だったと伺いましたわ」

目を潤ませる冬花を眺めながら、国光の顔から笑みが少しずつ失《う》せていく。国光は軽く咳払いをした。

「父上は、まあ、確かに人望厚く、多くの事件を解決したというが、それももう昔の話。今や齢五十七、私は二十七。もはや私が活躍を見せる時となっておろう」

「池畑様は私より一つ上でいらっしゃるのですね」

冬花には、訊ねたいことがあった。亡くなった国義の妻、つまり国光の母についてだ。どのような女人だったか知りたくて、問いが喉まで出かかったが、やはり躊躇《ためら》い、呑み込んでしまう。

国光はまたも咳払いをした。

「その池畑様というのは、やめてもらいたい。父上を名前で呼んでいるのに、息子の私を名字で呼ぶのは些かおかしかろう。国光と呼んでほしい」

冬花は姿勢を正した。

「かしこまりました、国光様」

「うむ、それでよい」

国光は満足げな笑みを浮かべた。

お茶を飲み干すと、国光は腰を上げた。

「忙しいところ邪魔をして申し訳なかった。旨いものまで馳走になり、かたじけない。……今度は是非《ぜひ》、商い中に客として食べにきたいと思うが、よいか」

「もちろんですわ。是非お越しくださいませ。お待ちしております」

冬花は笑みを浮かべ、国光に恭しく礼をした。

国光が蔀戸を開けようとした時、おやつを食べ終えた鮎太が皿を持って、二階から下りてきた。同心姿の国光を見て、鮎太は目を瞬かせるも、丁寧に頭を下げた。

「おう、鮎太殿か」

国光が声をかけると、鮎太は驚いたような顔をする。冬花が手招きした。

「こちらは町方のお役人様で、池畑国光様です。国義様のご子息様でいらっしゃるのよ」

鮎太は国光の傍に来て、再び礼をした。国義のことは、鮎太ももちろん知っている。その息子と聞き、鮎太は興味を抱いたようだ。

「初めまして」

「こちらこそ、初めまして。ふむ、礼儀正しい、よい子ではないか。冬花さんの躾の賜物《たまもの》だろう」

「いえいえ。この子が生まれ持った気性ですわ」

冬花は目を細めて、鮎太の頭を撫でる。国光は長身の身を屈め、鮎太に訊ねた。

「お母さん、怖くはないか？　厳しいんじゃないのかい」

「はい……怖い時もあります」

「まあ」

鮎太の正直な答えに、冬花は目を見開く。梅乃に和やかな笑いが響いた。

冬花と鮎太は外まで出て、国光を見送った。国光は去ろうとして振り返った。

「子供とはいいものだな。こちらの心まで癒《いや》される。……私も父上が色々とうるさいのだ。そろそろ身を固めろ、と」

一息つき、国光は冬花の澄んだ目を見つめた。

「また必ず来るので、よろしくな。冬花さん」

「お待ちしております。国光様」

冬花は丁寧に辞儀をする。その横で、鮎太も頭を下げた。


渚沙の醜聞はなかなか冷めやらず、瓦版が威力を発揮しているのに乗じて、国光は一計を案じた。

懇意《こんい》にしている瓦版屋〈聞道屋《ぶんどうや》〉の主人源八《げんぱち》に頼んで、芝居小屋に弁当を届けた料理屋の梅乃は事件に何の関わりもなかったということを、高らかに書いてもらったのだ。おまけに、梅乃の料理は美味で、出前も好評を得ているということまでも。

おかげで梅乃の潔白は人々の知るところとなり、冬花や又五郎の心配は杞憂《きゆう》と化し、客足も無事に戻っていっそう賑わうようになった。

国光の采配と知らぬ冬花は、お島の位牌《いはい》が置いてある仏壇に向かって、熱心に手を合わせるのだった。

——危ないところを救ってくれて、ありがとうございました。

そして冬花の後ろで、事情がよく分からないながらも、鮎太も「ありがとうございます」と手を合わせていた。


それから数日後、冬花が又五郎と出前の仕込みをしていると、蔀戸を叩く音が聞こえた。冬花は板場から出て、声をかけた。

「はい。どちらさまでしょう」

「あの、恐れ入ります。私、寺嶋村で、江原屋の寮の下働きを務めている者です。出前を注文したくお伺いしました」

江原屋と聞いて、冬花は急いで心張り棒を外し、蔀戸を開けた。小柄な老爺《ろうや》が立っていて、恭しく頭を下げた。

「私、下働きの余作《よさく》と申します」

外は日が照っているものの、冷え込んでいる。

「遠いところ、お疲れさまです。どうぞお入りください」

冬花は余作を中に通し、熱いお茶を出した。余作は喉を潤すと、梅乃に頼みにきた訳を話した。

「渚沙様に纏《まつ》わる一件は、お耳に入っていると存じます。瓦版に根も葉もないことを書き立てられ、あらぬことを噂され、酷く痛手を受けてしまわれました。私は渚沙様がお生まれになる前から奉公させていただいておりますが、あのような渚沙様を目にしますのは初めてです。それほど気落ちなされ、よくお寝《やす》みにもなれず、召し上がることもままならぬ状態です」

余作の話を、冬花は神妙な面持ちで聞く。余作は続けた。

「渚沙様は確かに我儘な面はございますが、決して打たれ強いご気性ではございません。むしろ打たれ弱く、寮へいらっしゃってからここ数日、水とお茶以外は口になさっておりません。私のほかにもお世話する女がついていて、どうしたものかと、二人で胸を痛めておりました。何を作りましても、お口をつけてもくださらないのですから。……ところが昨夜、渚沙様が仰ったのです。あの日、楽屋で食べた梅乃というお店のお弁当は美味しかったわ、あのお店のお料理をもう一度食べてみたい、と。そこで、是非ともこちらのお料理をお届け願いたく、お頼みに参った次第でございます」

余作は小柄な体軀をいっそう縮こませて、冬花に頭を下げる。冬花は事情を汲《く》み、澄んだ声で答えた。

「かしこまりました。ご注文、お受けいたします。私どもの料理をお気に召していただけて、まことに嬉しく思いますわ。お届けは本日でよろしいでしょうか」

「お引き受けくださいますか。お礼申し上げます。安心いたしました。本日の七つ半（午後五時）までにお届けいただけましたらありがたく存じます。……渚沙様は心の病《やまい》に罹《かか》ってしまわれたようで、このままですとお躰まで蝕《むしば》まれてしまうと心配しておりました。ですが、何かを召し上がることができれば、救われるように思います。梅乃さんを見込んで、何卒《なにとぞ》よろしくお願いいたします」

「お品書きは任せていただけますか」

「はい、もちろんお任せいたします」

余作は礼を繰り返し述べ、帰っていった。

冬花が板場へ戻ると、又五郎が苦々しい顔をした。

「江原屋にはあまり深入りしないほうがいいと思いますわ。狐女なんかに変に関わって、とばっちりでも受けたら災難ですよ。そんな女の頼みなんか、断ったほうがよかったのではありませんか」

冬花は息をつき、笑みを浮かべた。

「うちのお料理を美味しいと仰ってくださったのですもの。大切なお客様に変わりないわ。食べやすくて精がつくようなお料理、考えて差し上げましょうよ」

「まったく女将はお人好しですなあ。呆《あき》れますわ。……料理は弁当じゃなくてもいいんでしょうかね」

ぶつぶつ言いながらも品書きを考え始める又五郎を、冬花は優しい目で見つめていた。


その日の八つ（午後二時）を過ぎた頃、冬花は料理を入れた岡持ちを持って、店を出た。いわくつきの女人に料理を届けるだけだというのに、藤色の小袖に羽織を纏い、いつも以上に身綺麗《みぎれい》にしている。冬花は船着場から猪牙舟《ちょきぶね》に乗った。

大川《おおかわ》を渡っていく間、移りゆく風景に心を和ませる。柳橋《やなぎばし》、吾妻橋《あずまばし》を過ぎ、浅草花川戸町《あさくさはなかわどちょう》、今戸町《いまどちょう》の辺りに来ると、緑豊かな風景が広がり始める。大川を挟んで、浅草花三囲神社《みめぐり》の向かいが、向嶋だ。浅草のほうには寺が多く建ち並び、向嶋のほうは田畑が広がる。紅葉は盛りを過ぎていたが、冬枯れの前の一抹《いちまつ》の錦《にしき》を見せていた。

「天気はいいけれど、今日も寒いですねえ」

「本当に。でも冷たい風に吹かれると、気持ちがしゃきっとしていいわ」

息を白く煙らせながら、船頭と言葉を交わす。冬花は袂《たもと》に忍ばせた温石《おんじゃく》で手を温めていた。

水鳥が羽を打つ川辺で舟を降り、冬花は寺嶋村へと向かった。江原屋の寮はすぐに見つかり、冬花は目を瞠《みは》った。

百坪《つぼ》はあるだろう、竹垣に囲まれた洒落《しゃれ》た造りだ。枝折戸《しおりど》を押してみると、錠がかかっていなかったので開いた。中へ入ると飛び石が続いており、それを踏みながら進むと、玄関へと辿《たど》り着いた。

冬花は蔀戸を叩き、澄んだ声を響かせた。

「ごめんくださいまし。日本橋は本船町の料理屋、梅乃でございます。お料理をお届けに参りました」

すると少し間があって、蔀戸が開き、下働きの余作が顔を出した。

「お待ちしておりました。どうぞお上がりくださいまし」

余作は丁寧に冬花を迎え入れ、中へと通した。香を炷《た》いているのだろう、広い廊下にも馨《かぐわ》しい薫りが漂っている。冬花は余作に続いて、廊下を進んだ。

渚沙は奥の部屋で床《とこ》に臥《ふ》していた。世話をする女がついていたが、余作に案内されて冬花が入ってくると、一礼して下がった。楽屋で見かけた時よりも渚沙はずいぶんとやつれている。頰のこけ具合から、何も食べることができないというのは本当だと思われた。なにやら痛々しくて、冬花はかける言葉が見つからない。

余作が渚沙に話しかけた。

「梅乃の女将さんが、お料理を届けてくださいましたよ。召し上がってみましょう」

渚沙は虚《うつ》ろな目で、冬花を見やる。冬花は丁寧に礼を述べた。

「本日はご注文いただき、まことにありがとうございました。渚沙様のために心を籠めてお作りしましたお料理、どうぞご賞味くださいませ」

渚沙は何も答えず、冬花が持ってきた岡持ちを眺める。冬花は岡持ちを開けて料理を取り出し、余作に声をかけた。

「すみません。七輪はございますでしょうか」

「あ、はい。今持って参ります」

余作は速やかに部屋を出ていき、火鉢の炭を移し替えた七輪を持って、急いで戻ってきた。冬花はその上に、用意してきた小さな鍋を置いて、温め直していく。部屋に、旨みを感じられる穏やかな匂いが漂い始めた。冬花は鍋をゆっくりと掻き混ぜる。渚沙は身を少し起こして、鍋を眺めていた。

煮立ってきたところで、冬花は鍋を火から下ろし、渚沙に差し出した。鮭《さけ》の雑《ぞう》炊《すい》だ。ふっくらしたご飯に、鮭と溶き卵、刻んだ葱《ねぎ》が混ざり合い、なんとも優しい彩りを見せている。

「お出汁《だし》とお醤油《しょうゆ》で味付けしてありますので、そのままお召し上がりくださいね」

冬花が微笑むと、渚沙は目を瞬かせた。渚沙は身を起こし、匙を手にしたまま鍋をじっと見つめる。そしておもむろに手を伸ばし、匙で掬って口に入れた。もぐもぐと口を動かす渚沙を眺めながら、余作は黙って冬花に頭を下げる。冬花も礼を返し、静かに微笑んだ。

渚沙は息を吹きかけて冷ましながら、熱々の雑炊を食べていく。冬花はもう一つの料理も差し出した。

「煮なますでございます。こちらは冷めていても美味しいと思いますので、このままどうぞ」

　煮なますとは、細切りにした大根と人参と油揚げを味付けしながら煮て、白胡《ご》麻《ま》とお酢で和《あ》えたものだ。なんとも懐かしい味がすると、梅乃の人気の一品である。

　冬花から箸を受け取り、渚沙は煮なますに手を伸ばした。一口味わい、息をつく。

「どちらも……なんて穏やかな味なのかしら」

　その味が、荒《すさ》んだ心に沁《し》みたのかもしれない。渚沙の目から、大粒の涙がこぼれた。渚沙は羽織った搔巻《かいまき》に顔を埋《うず》め、嗚咽する。冬花と余作は、黙って俯くばかりだ。一頻《ひとしき》り泣くと、渚沙は溢れる思いを冬花に切々と訴えた。

「私は誓って無実なのです。毒を盛るなんて、そんな恐ろしいことをする訳がないではありませんか。……お役人に疑われるだけならまだしも、瓦版にあることないこと書かれてしまって。いったい誰があのような根も葉もない噂を流しているのでしょう。……きっと、染十郎の贔屓たちに違いありません。許せない」

　その時、渚沙の目が吊り上がり、まさに狐のように見えた。冬花は少しぞくっとした。渚沙は顔を強張《こわば》らせて唇を震わせていたが、急に咳き込んだので、冬花は背中をさすった。

「あらぬ噂を流されて、悔しいお気持ちなのは、よく分かります。でも、潔白でいらっしゃるのなら、必ず時が解決してくれると思うのです。そのうち真相が分かり、真の下手人が挙げられますでしょう。その時、渚沙様の潔白が明らかになるでしょうから、どうかそれまで、耐えてくださいますよう」

冬花の言葉に渚沙は頷き、涙をまた一滴こぼした。

渚沙は自分の今までの行ないを、深く反省しているようだった。腹立たしいことや悔いていることなどを洗《あら》い浚《ざら》い打ち明けながら、渚沙は料理を残さず食べ終えた。その姿を見て、冬花は思った。

——今はお辛いでしょうが、食欲が戻ってきたのなら大丈夫ね。

渚沙はぽつりと口にした。

「元気になって家に戻ることができたら、夫ともう一度やり直してみたいと思っています。許してもらえるか分かりませんが。今度こそ、あの人を大切にしたいって思います」

冬花は微笑んだ。

「今のお言葉をお聞きになったら、ご主人様、お喜びになりますでしょう。お家に留まり、お店をきちんと守り立てていらっしゃることこそが、渚沙様をお許しになっている証なのではありませんか」

「……ありがとうございます。出前を頼んで、本当によかったです。またお願いしますね」

渚沙は声を微かに震わせる。そこへ世話係の女がお茶を運んできた。髪が白くて肌の浅黒い、ふくよかな女は、又五郎と同じぐらいの齢に見える。女は三つ指を突き、冬花に礼をした。

「お元《もと》と申します。本日はお忙しいところお出向きいただき、まことにありがとうございました」

「いえ、こちらこそご注文ありがとうございました」

恭しく礼を返しながら、冬花は思った。

――この方、どこかでお会いしたような気がするけれど、どこででしょう。もしや、お島お母さんのお知り合いだった方かしら。……でも、ご自分から何も仰らないのだから、こちらからお尋ねするのも躊躇ってしまうわ。

冬花はもやもやとするも、似たような人など結構いるものだと、思い直す。空《から》になった鍋と皿を岡持ちに仕舞《しま》い、冬花は寮を後にした。

冬花はすぐには店に戻らず、その足で、今度は近くの小梅村に向かった。猪牙舟に乗って北十間川《きたじっけん》を少しいけば、もう小梅村だ。

船着場で降りると、冬花は羽織の衿元《えりもと》を整えながら、いそいそと歩を進めた。逸る胸を抑えつつ辿り着くと、国義は庭で薪《まき》を割っていた。

「国義様！」

国義の姿を目にして、冬花の顔が明るくなる。冬花に気づいた国義は斧を置いて「おう」と手を挙げ、目を細めた。冬花は兎《うさぎ》のように無邪気に跳ねながら、国義のもとへと駆けていった。

冬花がいつも以上に身繕《みづくろ》いをして出かけたのは、帰りに国義を訪ねようと思ったからだ。国義は、百姓から譲り受けた北十間川沿いの一軒家で、下働きの三千《みち》夫《お》とともに暮らしている。出前で遠出をした時、冬花はたまにこうして国義の家を訪ねることがあった。奥手な冬花だが、国義にはどうしてか自ら行動を起こすことがあるのだ。

国義は穏やかな声で、冬花に訊ねた。

「今日はこちらまで出前だったのかい」

「はい。寺嶋村まで届けて参りました」

「商い繁盛でなによりだ。……そうだ、いいところに来た。今日はあれを持っていっておくれ」

国義は、軒先に吊るした干し柿を指した。ずらりとぶら下がった橙《だいだい》色の眺めは壮観だ。冬花は声を弾ませた。

「まあ、今年もいただけるのですか」

「もちろんだとも。今度店に持っていこうと思っていたのだが、早めに渡しておこう」

「嬉しいです。鮎太ともども毎年楽しみにしているんですよ、国義様の干し柿」

「いやそれは、こちらこそ嬉しいよ」

二人で和やかに笑い合っていると、中から三千夫が顔を覗かせた。齢六十二ながら、大柄で頑健である。三千夫は冬花に声をかけた。

「なんなら一つ召し上がっていってくだせえ。寒いところで立ち話もなんですからな」

冬花はそっと国義の顔を見た。国義は居眠りしている猫のような顔で、頷く。

「では、お邪魔させていただきます」

冬花も猫のような顔になっていた。

冬花は居間に通された。縁側に腰かけて、庭に咲く枇杷《びわ》の花を眺めながら、国義と話した。事件のこと、国光と知り合ったことなどを。国義は苦い笑みを浮かべた。

「そうか。あいつが担当することになったのか。まあ、あいつはまだまだだから、冬花さん、どうか力添えしてやっておくれ」

「とんでもないことです。国光様、しっかりお仕事なさっています。さすがは国義様のご子息様でいらっしゃいますわ」

冬花は目を細めて、干し柿に舌鼓《したつづみ》を打つ。この、まったりとした甘さが堪らない。心がふくよかになるようだ。無邪気に味わう冬花を、国義は見守るように眺める。燻《くゆ》らしていた煙管《キセル》の吸殻を吐月峰《とげつぽう》に落とし、国義は息をついた。

「しかし、妙な事件だ。その江原屋の若内儀が誓って潔白だと言い張るならば、いったい誰が毒を盛ったというのだろう」

「そうなのです。私は見ていませんが、いったいあの時、誰が毒を入れることができたのか、不思議です」

「うむ。その役者は無事だったんだよな」

「はい。五日後には舞台に復帰するそうですが、なんでもかえって話題になって、一月先まで券は売り切れ、満席とのことです」

「怪我《けが》の功名《こうみょう》ってやつか。疑いをかけられた若内儀は堪ったものではないが、役者のほうはしてやったりだろうな。……しかし、結局、一番得をしたのは、染十郎って訳か。しつこかった若内儀を追い払うこともできたしな。若内儀には気の毒だが」

渚沙のやつれた姿を思い出し、冬花の胸が痛んだ。

「それぐらい強《したた》かでなければ、役者などやっていけないのでしょうね。でも、無事だったとは言っても、相当やつれたそうですよ。もう一歩で危ないところだったと、お医者様も仰っていたようです」

「命懸けだな、役者ってのも。『女殺油地獄』の山場、与兵衛に殺められそうになってのけぞったお吉の白い顔に、鮮血がぽたぽた……。観客たちは一生忘れられないだろう。わしもちょっと見てみたかったかもしれぬ」

「まあ」

冬花は目を瞬かせた。

和やかに刻は過ぎ、あっという間に日が暮れ始める。店があるので、冬花は名《な》残惜《ごりお》しくも、暇《いとま》することにした。国義は船着場まで送ってくれた。

「気をつけてお帰り」

「ありがとうございます。大切に味わわせていただきます」

冬花は胸に干し柿を包んだ風呂敷を抱き、さすった。

「皆で食べてくれ。鮎太にもよろしくな。板前にも」

「はい。国義様もどうぞお躰にお気をつけて」

舟が流れに乗る。干し柿色に染まり始めた空の下、冬花は国義に手を振り続ける。国義もまた、舟が見えなくなるまで川辺に佇《たたず》み、手を振り返していた。


梅乃に戻ると、鮎太が少し咳をしていたので、冬花は柚子《ゆず》茶を作ってあげた。柚子の搾《しぼ》り汁に千切りにした皮を少々と蜂蜜《はちみつ》を加え、お湯を注いだものだ。柚子は咳によく効く。冬花は蜂蜜を多めに加えたので、鮎太は喜んで飲み干した。

夜、店を終って二階に上がると、鮎太は既にぐっすり眠っていた。冬花はいつもこれから夕餉を済ませるのだが、鮎太には六つ半（午後七時）頃に夕餉を運んで、一人で食べさせている。冬花は鮎太に夜更かしをさせたくないので、遅くとも五つ半（午後九時）には寝るように躾けていた。それでもたまに、冬花の仕事が終わるのを待っていて、一緒に寝《やす》むこともある。今日は言いつけどおり、早く眠ったようだ。

冬花は、寝息を立てている鮎太の小さな額《ひたい》に、そっと手を当てた。

――熱はないみたいね。よかったわ。

鮎太の肩を包むように、搔巻をかけ直す。

鮎太の無邪気な寝顔を見つめながら、冬花はふと思う。

――私がこの子ぐらいの時って、いったい、どこでどのような暮らしをしていたのかしら。

冬花は自分の生い立ちを振り返ろうとする。しかし……やはりどうしても、まだ思い出すことができないのだった。

冬花は今から十二年前、十四の時に、路上で行き倒れていたところを、出前の途中のお島に助けられたのだ。お島は冬花を介抱しつつ、通りがかりの人に、番屋に届けてくれるよう頼んだ。間もなく番人がやってきて、どうにか立ち上がれるようになった冬花は番屋へと連れられていった。その時、お島が冬花の躰を支えて、付き添ってくれたのだ。

冬花は番屋で色々訊ねられたが、答えられたのは自分の名前と歳だけだった。

その二つはかろうじて覚えていたが、殆《ほとん》どの記憶を喪《うしな》ってしまっていた。どこに住んでいたかを訊ねられても、冬花はどうしても思い出せず、無理に思い出そうとすると頭が割れるように痛んだ。

番人たちも困ってしまい、奉行所に届けようか、医者に診てもらおうかと相談する中、お島が申し出たのだ。

——取り敢えず今日は、この娘さんを私が預かっていきますよ。具合が悪いようでしたら、私が医者に診せますのでご心配なく。奉行所には連絡してくださ い。もし探索願いなどが出されていたら、うちに引き取りにきてください。

お島は面倒見のよい女将として知られており、番屋の者たちとも顔馴染みだったので、その申し出は受け入れられた。

こうして冬花はお島にいったん引き取られていったが、記憶はなかなか戻らず、いくら待てども誰も迎えにこない。探索願いも出されなかったようだった。

——私はいったい、どこで何をしていたのかしら。

冬花は字の読み書きもできたし、百人一首のいくつかも覚えていた。暮らしていくことに何の差《さ》し障《さわ》りもなかった。ただ、どうしてか、自分のことだけが思い出せないのだ。お島に拾われる前のことが、すべて抜け落ちてしまっていた。

落ち込む冬花を、お島は慰め、励ましてくれた。

梅乃に置いてもらうようになって、すぐに店を手伝うようになったが、最初は接客せずに、掃除などの下働きだった。そのうちに仕込みの手伝いもするようになると、野菜の切り方などの腕がよいと、お島は冬花を褒めた。冬花の料理に対する感覚に、お島は目を留めたようだった。

年が明けて十五になった頃のことだ。近くの小舟町《こぶなちょう》に新しくできた居酒屋の、ある料理が評判になっていた。鶏の衣かけ（唐揚げ）なのだが、一風変わった味がして、やけに美味しいと。

持ち帰りもできるので、興味を抱いた又五郎が買ってきた。お島と一緒に味わってみたところ、評判どおり独特な風味だった。隠し味として何かを使っているのは分かるのだが、その正体が分からない。お島も又五郎も首を捻《ひね》った。

――生姜《しょうが》のような気がするけれど、どこか違うねえ。胡椒《こしょう》にも近いような。

――生姜と胡椒を併せて作っているのかもしれませんな。その味付けで、ちょっと作ってみましょうか。

又五郎はそう言って、擂《す》った生姜と胡椒と醬油を混ぜたものに鶏肉を漬け、揚げてみた。しかし、そう易々《やすやす》と独特の味を再現することは叶わなかった。お島は首を傾げつつ、黙々と店の掃除をしていた冬花を呼び寄せた。

――冬花も、これを食べてごらん。味付けに何が使われているか、あんたなら分かるかもしれないよ。前から思っていたんだ。冬花の舌はなかなか鋭いってね。

お島と又五郎の前で、冬花はおずおずと鶏の衣かけを口にした。一口、二口食べて、冬花は目を瞬かせた。

――擂り下ろしたウコンが使われているのではないでしょうか。この、少し苦いような辛いような、でも独特な美味しさのある風味は、ウコンだと思います。

――ウコン？

目を見開くお島と又五郎に、冬花は頷いた。

――この衣かけ、少し黄色いではありませんか。ウコンは、沢庵の色付けにも使われますよね。

――ああ、そういや、そうかもしれないね。

お島が手を打つと、又五郎も唸《うな》った。

――確かに、そうですわ。この味はウコンですわ。いやしかし、気づきませんでした。鋭いですな！

又五郎は直ちにウコンを買いに走り、それを使って作ってみたところ、件《くだん》の居酒屋と同じ味に仕上がったのだ。お島は冬花を褒めた。

——冬花、お手柄じゃない。やっぱり私が見込んだだけあるよ。よし、私が精魂込めて、あんたを鍛《きた》えてあげるからね。

お島はそう言って、冬花の肩を抱き締めた。又五郎も感心頻《しき》りだったが、ぼそりと漏らした。

——うちでもこのウコンを隠し味に使った鶏の衣かけを出したいところですが、真似になってしまいますな。

お島と冬花は目を見交わした。お島は溜息をついて答えた。

——確かにね。真似しちゃ、あちらのお店に失礼だ。やめておこう。……残念だけれどね。

冬花は少し考え、口を出した。

——あの……鶏肉ではなくて、鯖《さば》の衣かけに、ウコンの隠し味を使ってみては如何《いかが》でしょう。私、この味付けは、鯖にも合うような気がするのです。もしくは、鯖の炊き込みご飯か。ご飯にもほんのり色がついて、綺麗なのではないかと思います。

今度はお島と又五郎が目を見交わした。鯖はその時手元にあったので、又五郎は早速、冬花が考えた料理を作ってみた。ウコンを隠し味に使った、鯖の衣かけと炊き込みご飯を。すると、どちらも非常に美味に仕上がったのだ。

——冬花、よくやったね。あんたが考えた料理、うちの品書きに加えさせてもらうよ。

お島は大いに喜んだ。

——いや、恐れ入りました。歯が立ちませんわ、おっちゃん。

降参しながらも、又五郎も嬉しそうだった。

お島は冬花の舌が持つ鋭敏さを確信し、教え導いていった。お島は冬花を優しく、時に厳しく、鍛えた。そのおかげで、冬花の料理の腕はぐんぐん上達していった。そして十七になった時、冬花はお島の正式な養女となった。

店を手伝い、料理を学び、お島の死後は跡を継いで、持ち前の鋭い味覚で店を繁盛させている。

お島は冬花を育てる時に気を遣ってくれたので、店のお客や近所の者たちには、こう伝えていたという。

——あの子はどうやら両親を亡くしてしまったようでね。辛いことがあったみたいだから、来《こ》し方《かた》についてはなるべく触れないであげてよ。いい子だってのは、私が保証するからさ。

気風《きっぷ》の好《よ》い女将として知られていたお島に逆らう者はおらず、お島が守ってくれたおかげで、冬花は来し方のことを誰からもとやかく問われずに済んだ。冬花が引き取られた頃、国義は現役の同心であり、切れ者として通っていた。お島は国義のことを信頼していたので、国義にだけは冬花のことを話してあった。それゆえ、冬花の記憶が喪われてしまっていることを知る者は、又五郎と国義のみなのだ。

お島に引き取られて一年が経った頃、冬花は思い悩んでしまったことがあった。自分がどこで何をしていた者なのか、喪われた記憶が酷く気に懸《か》かり、苦しいのだ。その時、冬花に優しく声をかけてくれたのが国義だった。

――来し方を思い出せぬのは、辛いだろうし、気分も悪いだろう。だがな、冬花さん。わしは、人というものは、今がすべてだと思うのだ。同心などを長年務めてきたわしは、色々な者を見てきた。過去に躓《つまず》いてしまっても、立ち直り、今を立派に生きている者はいる。一方、かつては順調だったものの、調子に乗り過ぎてどこかで道を踏み外し、今をどん底で生きる者もいる。わしにとってはな、来し方に何があろうとも、今のその姿が、その人のすべてなのだ。冬花さん、貴女《あなた》は女将を手伝い、女将から料理を習い、毎日をひたむきに生きている。わしから見れば、とても素敵な娘さんだ。人にそう思わせる、それが今の貴女の姿であり、貴女のすべてなのだよ。だから喪われてしまった来し方に囚《とら》われることなく、自分のよいところを伸ばしていっておくれ。

国義から励ましてもらったことを、冬花は今でも鮮明に覚えている。国義が諭《さと》してくれたおかげで、迷いが消えたのだ。

——今の自分の姿が、自分のすべて。来し方に何があろうとも。

国義の言葉を教訓として、冬花は料理の道を邁進《まいしん》していった。冬花の国義への思いは、きっと、その頃から始まっていたのだろう。

冬花は鮎太の寝顔を見つめる。

——お島のお母さんは、見ず知らずの私の面倒を見てくれたのだもの。今度は私が、この子をしっかり育ててあげなければ。

ご落胤である鮎太と自分はまるで立場が違うと分かってはいても、どこか似た境遇を感じ、それゆえに冬花は鮎太がいっそう愛《いと》しいのだ。

——この子は、本当のお父上様とお母上様がどのような方か、明らかなのですものね。……恵まれているわ。

冬花は真の両親の素性はおろか、顔すら思い出せないでいる。だからこそ冬花にはいっそう父親への憧憬《どうけい》があり、歳の離れた国義に思いを寄せてしまうのかもしれなかった。

第二章　傷《いた》んだ胃《い》ノ腑《ふ》を癒《いや》す味

一

吉日《きちじつ》を選んでその日は店を休み、鮎太の袴着《はかまぎ》の儀を行なった。五つの男児に初めて袴を着せる祝儀《しゅうぎ》だ。三つの男女の髪の成長を祝う儀式は髪直しの儀、七つの女児が付け帯をやめて初めて帯をつける祝儀は帯解《おびとき》の儀と呼ぶ。

冬花は鮎太を眺め、思わず目を潤《うる》ませた。冬花の手縫いの紺袴を着けた鮎太は、幼いながらも凛々《りり》しさが感じられる。無邪気に笑っていても、生まれ備わった気品が仄《ほの》かに漂うのだ。

――やはり、この子は、大名家のご落胤《らくいん》なのだわ。

雪が激しく降る夜に梅乃を訪れた時、鮎太はまだ二つで、ぐずぐずと泣いていた。躰《からだ》があまり丈夫ではなく、好き嫌いも多かった鮎太を育てるには、冬花にとって苦労もあった。それでも鮎太は健やかに育ってくれて、こうして袴着の儀を迎えることができたのだ。長いようで短かった日々を振り返り、冬花の胸に万感の思いが込み上げる。

――ここまで育てることができて、本当によかったわ。

冬花は目をそっと指で拭《ぬぐ》い、鮎太に微笑《ほほえ》みかけた。

「大きくなったわね。袴姿、とても似合っているわ」

「本当？　おいらも嬉しいよ。なんだかお兄ちゃんになった気分だ」

鮎太は声を弾ませる。冬花は鮎太の頭を撫《な》でた。

「そうね。お兄ちゃんに見えるわ。この頃、めっきりしっかりしてきたものね、鮎太」

「うん。お母さんのお手伝いをもっとできるようになりたいから、もっとしっかりするね」

「ありがとう。……でも、うん、じゃなくて、はい、でしょう」

「あ……はい！」

鮎太は大きな声を出し、舌をちらりと見せる。冬花は微笑みながら、鮎太の鼻の頭を指で軽く突いた。

達雄とその父母が迎えにきて、皆で近くの芽吹《めぶき》神社へお参りに行った。達雄も、母のお新《しん》が縫った袴を着けている。達雄は躰が大きいので、七つぐらいに見えた。

参詣《さんけい》を終えると、冬花は達雄の両親とも、以前から仲がよいのだ。

澄み渡った空の下、鮎太と達雄は穿《は》き慣れぬ袴を少々引き摺《ず》りながら、丸々とした雀《すずめ》を追いかけて遊び始めた。

「あんなに走り回ったら、せっかくの袴もすぐに汚れちまうよ」

お新が呆《あき》れ顔で笑う。達雄の父親の雄造《ゆうぞう》は、目を細めて息子たちを眺めていた。

「まあ、町人の倅《せがれ》なんてのは、滅多《めった》に袴なんか着けねえから、いいじゃねえか、汚れたって、破れたって。それにうちの達雄は成長が早えから、どうせ来年には穿けなくなっちまうだろうよ」

「それもそうだね」

お新は納得したように頷《うなず》く。冬花も二人を眩《まぶ》しそうに見ていた。

「達雄ちゃんも鮎太も、元気でなによりですわ。あ……儀式も終えて一つ大人に近づいたことですし、これからは達雄さんとお呼びしたほうがいいかしら」

「いいよ、まだ達雄ちゃんで」

「そうだよ。うちらも、これからも鮎太ちゃんとか鮎坊って呼ばせてもらうからさ。子供の成長は嬉しいけれど……そんなに急いで大きくなってほしくないって気持ちもあるんだよねえ」

お新の言葉が、冬花の胸に響く。冬花も、心の奥には、同じような思いがあるのだ。鮎太が大きくなればなるほど、別れに近づいていくようで。

雀と戯《たわむ》れながら、鮎太が満面に笑みを浮かべ、冬花に手を振る。陽が当たり、鮎太の前髪はきらきら光っている。冬花は切ない思いを堪えながら、鮎太に手を振り返した。


その後は梅乃に戻り、皆でささやかなお祝いをした。お葉と、その父母も合流する。蒲鉾《かまぼこ》店を営んでいるお葉の両親とも、冬花は以前からとても仲がよい。梅乃で使う蒲鉾や練り物類は、すべてお葉の両親の店から仕入れていた。

桃色の晴れ着を纏ったお葉を眺め、鮎太と達雄は目を瞬《しばたた》かせた。

「お葉ちゃんもおめかししてるね」

「お母さんが着せてくれたの。今日は鮎太ちゃんと達雄ちゃんのお祝いの席だから、お葉もちゃんとしなさい、って」

お葉は背筋を伸ばし、かしこまって座っている。冬花は皆に甘酒を配りながら、笑みを浮かべた。

「お葉ちゃん、本当に可愛《かわい》らしいわねえ。七つの帯解の儀が、今から楽しみね」

「ますます別嬪《べっぴん》さんになってるね」

お新が合いの手を入れると、お葉の母親のお妻《つま》は嬉しそうに目を細めた。

「この子は三つぐらいまではよく病《やまい》に罹《かか》っていたけれど、すっかり元気になったわ。鮎太ちゃんと達雄ちゃんが優しくしてくれるおかげで、手習い所にも毎日通えているし。本当に感謝の限りよ」

「まったくだ。よい友垣がいることは、ありがたいことだな」

お葉の父親の葉介《ようすけ》が頭を下げると、お妻も揃って礼をする。冬花は微笑んだ。

「こちらこそ、鮎太と仲よくしてくださって、ありがたいと思っております。お葉ちゃんにも、達雄ちゃんにも。鮎太も小さい頃は弱かったけれど、今ではお相撲《すもう》のお稽古《けいこ》に励んでいるのですもの」

「おう、うちで稽古つけてる耕次が、筋がいいって鮎坊のことを褒めてたぜ」

「まあ、本当に？　よかったわね、鮎太」

冬花に見つめられ、鮎太は照れ臭そうに瞬《まばた》きをする。葉介が腕を組んだ。

「うちも稽古をつけてもらいたいが……娘じゃやはり相撲は無理だよな」

和やかな笑いが起きたところで、又五郎が祝いの膳を運んできた。店は休みだが、又五郎は特別に出てくれていた。

「お三人とも健やかにお育ちになって、喜ばしいことですな。晴れの料理を味わってください」

又五郎に出された膳を眺め、皆、相好《そうごう》を崩した。膳には、蒸《ふか》かし立てのお赤飯、蜆《しじみ》のお吸い物、海老《えび》や烏賊《いか》や薩摩芋《さつまいも》などの天麩羅《てんぷら》の盛り合わせ、紅白なます、柚子《ゆず》の甘露煮《かんろに》が載っている。

冬花も手伝って皆に膳を配り、一緒に食べ始める。又五郎は大人たちのために、酒を運んだ。大人も子供も、笑顔で料理を頬張《ほおば》る。

「お赤飯はまだありますから、遠慮せずにお代わりしてください」

又五郎が告げると、達雄が早速《さっそく》お願いする。貸し切りの店の中、皆、存分に食べ、存分に呑《の》み、大いに楽しんだ。

「千歳飴《ちとせあめ》も作っておきましたので、お持ち帰りくださいね」

冬花が言うと、子供たちがはしゃいだ。

「わあ、ありがとう」

「おいら、千歳飴、大好きだ」

「お母さん、千歳飴を食べると元気になるんだよね」

「そうよ。皆で元気に長生きしましょう」

外は木枯《こが》らしが吹き始めていたが梅乃の中は暖かで、暗くなっても中の明かりと笑い声が通りに漏《も》れていた。


霜月《しもつき》も半ばとなり、寒さは日増しに強まっている。軒行灯《のきあんどん》が灯る梅乃に、「寒《さみ》い」と歯を鳴らしながら懐手《ふところで》で飛び込んでくる者も多くなってきた。

冬花は今日も姉《あね》さん被《かぶ》りに襷《たすき》がけで、料理を作り、お客をもてなす。店が少し落ち着いた頃、冬花は頭を包んだ手ぬぐいと、襷を外して、馴染みのお客に酌をした。

築波屋菊兵衛《つくばやきくべえ》という、高砂町《たかさごちょう》の扇子問屋《せんすどんや》の大旦那である。ちなみに高砂町は、大火を経《へ》て浅草に移る前に吉原《よしわら》があったところだ。

「まあ、女将《おかみ》もどうぞご一献《いっこん》」

「ありがとうございます」

菊兵衛に徳利《とっくり》を傾けられ、冬花は盃《さかずき》を差し出す。齢《よわい》六十に近い菊兵衛は梅乃の古くからのお客で、お島に続き、冬花も贔屓《ひいき》にしてくれていた。

海老の揚げ真薯《しんじょ》をゆっくりと味わいながら、菊兵衛は酒を呑む。磨《す》り潰《つぶ》した海老に山芋や卵を混ぜてこんがり揚げた真薯は、菊兵衛の大好物である。目を細めて酒を啜《すす》りつつ、菊兵衛は不意に冬花に問いかけた。

「ところで女将は、柳橋《やなぎばし》の佳《か》つ江《え》の話はもう聞いたかい」

「いえ、存じませんが。佳つ江さんに何かあったのですか」

柳橋の人気芸者である佳つ江のことは、冬花も知っている。佳つ江のいる芸者置屋〈富政《とみせい》〉に時折出前を届けるからだ。富政の女将はお島と懇意《こんい》だったので、代替わりした今も、梅乃に注文をくれる。

菊兵衛は富政に扇子を卸《おろ》しているので、内情にも詳しいのだろう。菊兵衛は酒を啜り、息をついた。

「うむ。佳つ江はどうも酷《ひど》い目に遭《あ》わされたようなんだ。それも侍《さむらい》にな。起き上がれなくなって、寝込んでしまっているようだ」

「まあ、お侍様にですか」

「そうだ。どこの藩の者とは名乗っていなかったようだが、藩士らしい。江戸勤番か江戸定府かは分からぬが、五十を少し過ぎたぐらいの男のようだ。その男に座敷で無理に大酒を呑まされたそうだ。断ると、俺は倍の値段を払って遊んでいるんだ、その俺の言うことが聞けぬのか、と凄《すご》んだという。そして小判をばら撒《ま》いたそうだ」

「まあ」

冬花は言葉を失い、柳眉《りゆうび》を逆立てる。

「一緒にいた芸者たちは、きゃあきゃあ嬌声《きようせい》を上げて小判を懐に仕舞い込んだので、佳つ江は呑むしかなくなってしまったそうだ。そして、侍に命ぜられるがままに呑み続けた。苦しそうに顔を歪《ゆが》めて酒を呑む佳つ江を、侍はにやけた笑みを浮かべて見ていたらしい。やがて佳つ江は倒れて動かなくなった。驚いたほかの芸者たちが騒ぎ出した隙《すき》に、侍は厠《かわや》に立つ素振りで去ってしまったようだ。急いで医者を連れてきて診《み》てもらったので一命こそ取り留めたが、具合が酷く悪くなってしまい、五日が経った今も床に臥《ふ》せったままで動けないという。佳つ江は富政の一番の売れっ妓《こ》だから、あそこの女将も心配するわ立腹するわで、たいへんなことになっているよ。稼ぎ頭が危うく死にかけ……いや、殺されかけたのだからな」

「本当に。倒れるまでお酒を呑ませるなんて」

冬花は声を微かに震わせた。佳つ江がそのような愚かな男に痛めつけられたと聞き、冬花の胸まで痛み始める。父親が作ってしまった借金を返すために佳つ江が芸者になったことを、冬花は知っていた。

菊兵衛も眉根を寄せた。

「その侍は、どうやらあちこちで同じようなことをしているらしい。金の力に物を言わせて、芸妓《げいぎ》や遊女を脅《おど》かして、気を失うまで酒を呑ませることをな。夜の町では、酒呑まし侍、酒呑まし藩士、などと揶揄《やゆ》されているようだ。まったく、侍ならば何をしても許されると思っているのだろうか。……莫迦《ばか》げた話だ」

菊兵衛は苦々しい顔で、酒を一息に呑み干す。冬花の脳裏に、儚《はかな》い美しさの佳つ江の面影《おもかげ》が浮かぶ。五日も動けぬようになるとは、相当の量を呑まされたことが分かる。

――もしや、お酒の中に、何かおかしな薬なども混ぜていたのでは。もしくは、非常に強いお酒だったのかしら。

憶測が浮かび、冬花の顔が強張《こわば》る。とにかく佳つ江が心配だった。

二

数日後、冬花は風呂敷包みを持って、隣の安針町《あんじんちょう》の髪結《かみゆ》い処《どころ》〈浅田《あさだ》〉まで赴《おもむ》いた。

「ごめんくださいまし。本船町の梅乃でございます。出前をお届けに参りました」

入口で澄んだ声を上げると、中から下働きのお糸《いと》が現れた。お糸は、具合が悪くなってしまった芸者の佳つ江の妹で、この髪結い処で働いているのだ。

「いつもありがとうございます」

お糸は礼を述べ、風呂敷包みを受け取った。今日の弁当の品書きは、梅干し入りのおにぎり、芽葱《めねぎ》入りの玉子焼き、鯖《さば》の塩焼き、慈姑《くわい》の煮物、蕪《かぶ》の甘酢漬けだ。

芽葱とは、葱の若い芽を刈り取ったもので、これを混ぜ合わせて作る玉子焼きは、お菜にもお酒のつまみにも好評である。それがお糸の好物であることを、冬花は知っていた。

「芽葱の玉子焼きが入ってますよ」

「嬉しいです。食べるのが楽しみです」

　お糸は笑顔で答えたが、いつものような潑剌《はつらつ》とした元気さがない。やはり姉のことが堪《こた》えているようだ。冬花は声を潜めた。

「お姉さん、たいへんでしたね。お具合は如何《いかが》かしら。少しはよくなられました？」

　お糸は目を伏せた。

「ええ……。意識は戻りましたが、まだ寝たきりで、何も食べられないようです。……私、悔しくて。姉さんをあんな目に遭わせた奴を、許せません」

　お糸は唇を嚙《か》む。佳つ江はどうやら数日の間意識を失っていたと知り、冬花の胸もいっそう痛んだ。冬花にも、非情な侍への怒りが込み上げてくる。その時、冬花にある考えが浮かんだ。

「本当に許せないわね。……ねえ、お糸さん。お姉さんにお酒を無理に呑ませたお侍のことで、何か知っていることはありませんか」

　佳つ江の一件について、元同心だった国義、あるいは現役の同心である国光に相談してみれば、展望が開けるかもしれないと思ったのだ。捕縛までは至らなくても、藩に通達して侍を戒めてもらうことぐらいはできるのではないかと。

お糸は冬花を真っすぐに見た。

「はい。姉のことを放っておけなくて、私も色々探ってみたのです。そして、姉に酒を呑ませた侍は、藩士らしいと掴《つか》みました。でも、どこの藩か、名前や役職なども分かっておりません」

「そうなのですか」

手懸《てが》かりがないようなので、冬花は肩を落とす。お糸は、ひたすら悔しがった。

「何という者か分かったら、姉の仇《かたき》を討ってやりたいです」

お糸は唇を強く嚙み締める。冬花はお糸の肩に手を置いた。

「早まってはいけませんよ。お糸さんが仇を討たなくても、そのような者には、いつか天誅《てんちゅう》が下るに違いありません。私の知り合いのお役人様に相談してみますので、決して無茶はなさらないで。名前などがもし分かったら、報《しら》せてくださいね。侍に娘が一人で立ち向かうなど無謀なことですもの」

「……はい」

頭に血が上りながらも、冬花の言うことはまっとうだと思ったのだろう、お糸は素直に頷く。すると中から、今度は浅田の女将が顔を出した。お満《みつ》という、肉《しし》置《お》きのよい、朗《ほが》らかな女だ。

「あら、そんなところで立ち話もなんだから、上がっていけば」

「いえ、そろそろお暇《いとま》しようと思っていたのです。女将さん、すみません、お忙しいところお糸さんを引き留めてしまって」

「そんな、遠慮しないでよ！　たまにはゆっくり話でもしたいじゃない」

冬花はお満に微笑んだ。

「ええ。お気持ちは嬉しいのですが、まだ出前が残っておりますので。また改めて伺います」

「あら、それは残念ねえ。まあ、おたくのお料理は評判がよいから仕方がないか。うちの者たちも、皆、おたくのお弁当を楽しみにしてるもの。商売繁盛、願ったりじゃない」

「こちらだって繁盛なさっているではありませんか。引っ切り無しにお客様が訪れて」

「じゃあ、お互い様ってことだ。まあ、忙しいうちが華だよね」

「そうですね。頑張りませんと」

女将同士、微笑み合う。冬花は長居をもう一度詫びて、髪結い処を後にした。

冬花はすぐには梅乃に戻らなかった。近くの伊勢町《いせちょう》の菓子屋で薄焼き煎餅《せんべい》を買い、それを手土産《てみやげ》にして、歩を進める。米河岸を行き、道浄橋《どうじょうばし》を渡り、浅草のほうへ向かって歩いていく。汐見橋《しおみばし》を渡り、米沢町《よねざわちょう》まで行けば、両国広小路《りょうごくひろこうじ》へと出る。その辺りの大川に架かっているのが柳橋だ。その橋の周辺の花街も、柳橋と呼ばれていた。

冬花はどうしても気懸かりで、佳つ江がいる芸者置屋の富政を訪ねてみようと思ったのだ。柳橋を渡った先、大川を望むところに、富政はあった。

格子戸《こうしど》をがらがらと開け、冬花は「ごめんください」と声を上げた。すると女将のお富《とみ》が現れ、冬花を見て目を瞬かせた。

「あら、梅乃の女将さん。……えっと、ごめんなさい。確か今日は出前を頼んでおりませんが」

冬花は優しげな笑みを浮かべた。

「いえ、今日はお見舞いに伺ったのです。佳つ江さんの」

「まあ、そうでしたか。気づかず、申し訳ございません」

お富は冬花を中へと通した。

どこからともなく三味線《しゃみせん》の音色が聞こえてくる置屋の内証で、冬花はお富と向かい合った。佳つ江は奥でまだ寝込んでいるようで、会うことは叶わなかった。出されたお茶を一口啜り、冬花は訊ねた。

「まだ安静になさっていなければならない状態なのですね」

「ええ。少し風邪《かぜ》気味だったところに持ってきて、酷い呑まされ方をしたんでね。……お医者が言うには、命を落としていても不思議ではなかったとのことですよ」

「まあ……」

冬花は言葉を失い、眉を顰《ひそ》める。お富は溜息をついた。

「時代が変わったんでしょうかねえ。私も若い頃は芸者で鳴らしたものですが、女にそこまで無理に酒を呑ませる客など、いませんでしたよ。それも侍がそんなことをするなんて、考えられません。……でもね、私、反省もしているんですよ。佳つ江を働かせ過ぎてしまったのではないか、ってね。これを機に、少し養生してもらおうと思ってもいるんです。動けるようになったら、どこか眺めのよい温泉にでも湯治《とうじ》にいかせてね」

「佳つ江さんは我慢をなさってしまうご気性のようですので、お酒を強《し》いられて、我慢を重ねて従ってしまったのでしょう。……そのお侍ですが、まだ素性は分からないのでしょうか」

お富は首を横に振った。

「どこぞの藩の者らしいとの噂《うわさ》は聞きましたが、あくまで噂ですからね。偽名をいくつか使い分けて、あちこちで悪さをしていたようです。花街を歩く時には頭巾《ずきん》を深々と被っているので、顔もはっきり割れておりません。でもね、もしどこの誰かと分かっても、私どもにはどうすることもできないんですよ。相手は藩士ですからね。それに、佳つ江は酷い目に遭わされましたが、殺《あや》められた訳ではありません。斬られた訳でも、刺された訳でもないのです。その侍が、芸者が勝手に吞んだのだと開き直れば、それでおしまいの話ですよ。……だからよけいに腹が立つんです。座敷で逆らえぬこちらの足下を見て、なんて卑怯《ひきょう》な奴、とね」

お富は不意に声を詰まらせ、目を指で擦《こす》った。冬花も俯《うつむ》き、肩を微かに震わせる。冬花は掠《かす》れる声を出した。

「仰《おつしや》るとおりです。その侍、人品卑《いや》しい者と思われても、仕方ありませんでしよう」

　お富は洟《はな》を啜り、冬花に微笑んだ。

「女将さんがお見舞いにきてくださったこと、後で佳つ江に伝えておきます。お煎餅をいただいたこともね。……でも、お煎餅はまだあの子は食べられないかな。せっかく持ってきてくださったのだけれど。もう少し経てば、口にできるかもしれません」

「お煎餅は置屋の皆様でお召し上がりください。図々しくもまたお見舞いに伺わせてもらおうと思っておりますので、その時に、佳つ江さんがお口にできるようなものをお持ちいたします。そこまで気が回らず、申し訳ございませんでした」

「そんな、謝られては、こちらの立つ瀬がございません。女将さんのお心遣いには、頭が下がりますよ。……そうだ、佳つ江も、女将さんが作ってくださったお料理なら食べることができるかもしれません」

　膝《ひざ》を打つお富に、冬花は目を瞬かせる。お富は冬花を見つめた。

「佳つ江、梅乃さんのお料理は好物でしたからねえ。出前のお弁当が届くのを、いつも楽しみにしておりました。ねえ、女将さん。何かあの子に作って、届けてくれませんか。もちろん、お礼は必ずいたします。何かこう、胃《い》ノ腑《ふ》に優しいものを」

「胃ノ腑に、ですか」

死にかけるまで呑まされて、佳つ江の胃ノ腑がいまだに荒れているであろうことは、想像がつく。お富は頷いた。

「あの子、何も食べられず、日に日にやせ細っていくんですよ。その姿を見るのが、もう、辛くてね。水を一口、二口飲んでも、三口目には吐き出そうとしてしまうほどで。可哀《かわい》そうなんですよ」

お富はまたも涙ぐむ。冬花はお富の膝の上に、手を置いた。

「かしこまりました。佳つ江さんに召し上がっていただけますようなお料理、必ず作って、お届けいたします。……大丈夫ですよ。一口でも二口でも召し上がれれば、そのうち、必ずきっと、いつもの調子に戻られると思います」

「ありがとね……女将さん」

お富は冬花の手に、ふっくらとした手を重ね合わせる。冬花はお富を見つめ、しっかりと頷いた。

店に戻り、冬花が佳つ江の事情を話すと、又五郎は皺《しわ》の刻まれた顔を思い切り顰《しか》めた。

「なんともやりきれん話ですな。か弱い女を虐《いじ》めてにやけているなど、男の風上にも置けませんわ。それも侍がねえ」

冬花も溜息をつく。

「まったくよ。浅田の女将さん、お泣きになってね。私まで辛くなってしまったわ。ねえ、又五郎さん。佳つ江さんの妹さんや、浅田の女将さんを励ます意味でも、佳つ江さんがお口にできるようなお料理、何か作って届けて差し上げましょうよ」

「かしこまりました。荒れた胃ノ腑に優しい料理、何か考えましょうや」

二人は早速頭を働かせる。

「まだ固いものは無理かしら」

「軟らかいものがよろしいでしょうな」

八つ半（午後三時）、出前の刻は終わり、休み中とはいっても、夜の仕込みもしなければならないので気忙《きぜわ》しい。冬花はふと二階を見上げた。

「鮎太は上にいるの？」

「裏で達坊と一緒に、相撲の稽古をしてますよ」

「耕次さんに教えてもらっているのかしら」

「耕次さんは忙しいみたいで、さっき覗《のぞ》いたら、寿司巻きにした布団を相手に熱心に突っ張りをしてました。耕次さん、達坊の分だけでなく、鮎坊の分も、寿司巻き布団を作ってくれたようです」

「まあ、本当に？　後でお礼を言っておかなくてはね」

冬花は板場を出て、裏を覗きにいく。寒空の下、鮎太と達雄は額に汗を滲《にじ》ませ、えいっと気合の声を上げて、寿司巻き布団を平手で打っていた。

「頑張ってね」

冬花が声をかけても、二人は稽古する手を休めず、目だけを動かして笑顔で「はい」と答える。

——二人とも、どれだけ夢中なのかがよく分かるわ。

冬花は思わず顔をほころばせた。


その夜、池畑国光がふらりと梅乃を訪れた。

「いらっしゃいませ」

冬花が笑顔で迎えると、国光は照れ臭そうに頭を掻いた。

「約束どおり、今日は客として参った。たっぷり味わわせてもらおう」

「お待ちしておりました。どうぞこちらへ」

冬花に案内され、国光は座敷に上がる。腰を下ろし、国光は店を眺めた。

「やはり夜だと雰囲気が変わるな。行灯が灯っていると、なにやらいっそう落ち着く」

「どうぞお寛《くつろ》ぎになってくださいませね」

冬花に渡された温かなお絞りで手を拭き、国光は早速注文した。

「まずは酒と、何かお勧めの一品をもらおうか」

「かしこまりました。少しお待ちくださいませ」

冬花は恭《うやうや》しく礼をし、板場へと向かう。その淑《しと》やかな立ち居振る舞いを、国光は目を細めて眺めていた。

酒と料理を持って、冬花はすぐに戻ってきた。皿に目をやり、国光は笑みを浮かべた。

「おっ、これは大好物の鯖の味噌煮《みそに》ではないか。脂が乗っている頃だからなあ」

国光は早速箸を伸ばし、大きな口で頬張る。脂の乗った鯖に、味噌と生姜を利かせたコクのある味付けが沁み渡っている。国光は破顔した。

「いやあ、これは絶品だ。酒が進んでしまう」

「お気に召していただけて、よろしかったです」

冬花は国光に酌をする。国光は目を細めて、酒を味わった。

「この味噌煮は、板前が作ったのか」

「二人で作りました。鯖《さば》を捌いたのは板前で、味を付けながら煮るのは私がいたしました」

国光は冬花を見つめた。

「そうか。細やかな味付けは、冬花さんらしいな。ますますこの店が気に入った」

「恐れ入ります」

冬花は嫋《たお》やかに礼をする。国光は笑みを浮かべた。

「しかし冬花さんは丁寧《ていねい》だな。初めて会った時、町人にも冬花さんみたいな女《ひと》がいるのだと、正直、驚いたのだ。この町で生まれ育ったのだろう」

「え……はい。さようでございます」

冬花は言葉を濁《にご》した。

——十四の時にお島お母さんに引き取られたことを言えば、それまでどのような暮らしをしていたか、きっと国光様はお訊《き》きになるに違いないわ。それを避けるためには、国光様にはまだ本当のことを言わないほうがいいでしょう。

国義は、冬花がいまだに記憶を取り戻せないことを知っている。それもあって国義は自分を気遣ってくれるのだろうということも、冬花は気づいていた。だが、息子の国光にまで自分のことを打ち明けるのには、まだ躊躇いがあった。

冬花の面持《おもも》ちが強張《こわば》ったことにも気づかず、国光はいい気分で酒を呑んでいた。

「冬花さんは町人にしておくのがまことに惜《お》しい。言葉遣いといい、所作といい、なにやら掃き溜めの鶴のようではないか」

するると冬花は伏せていた目を上げ、きっとして言葉を返した。

「私の言葉遣いが町家にはそぐわないからといって、からかっていらっしゃるのですか？　それに、掃き溜めだなんて、失礼ではありませんか。この町の皆様はとても親切です。ここで暮らしていけることを、私は幸せと思っております。私はこの町に拾われ、育てられました。この町に感謝しているのです。……だから、町方のお役人様ならばどうか、町を表しますのに掃き溜めなどという言葉を、安易にはお使いにならないでいただきたいのです」

冬花の声が微かに震える。

冬花がこの町に感謝しているのは本当だ。行き倒れるようなことがあって、もしや命を落としていたかもしれぬ自分を、助けて育んでくれた町なのだから。

国光は、冬花の真摯《しんし》さに打たれたように、暫《しばら》く目を凝《こ》らして冬花を見つめていたが、姿勢を正して頭を下げた。

「町方役人にあるまじき軽率《けいそつ》な発言、面目なかった。冬花さんの言うとおりだ。心から謝る。許してほしい」

冬花ははっとしたように胸を手で押さえ、頭を深々と下げ返した。

「謝らなければならないのは、私のほうです。お役人様にご無礼なことを申し上げてしまい、たいへん申し訳ございませんでした」

伏せた冬花の目に、薄らと涙が浮かぶ。国光は顔を上げ、冬花に声をかけた。

「もう、よい。悪いのは私だ。冬花さんの言葉に気づかされた。武士である己の、思い上がりというものをな。……冬花さんがこの町の皆に感謝しているように、私も冬花さんに感謝するぞ」

冬花も顔を上げ、国光を見つめる。国光は盃《さかずき》を持ち、差し出した。

「また酌をしてもらえぬか」

冬花は頷き、徳利を手にした。

行灯の柔らかな明かりの中、冬花は国光に、佳つ江の一件を話した。国光は黙って聞き、酒を少し啜って、顔を顰めた。

「その藩士らしき侍の話は、以前から、ちょくちょく私の耳にも入ってきていた。金の力に物を言わせて、悪趣味な遊びをするとな。だが、大名でもなく一介の藩士が、それほど羽振りがいいものだろうかとは思うが。相応の役に就いているのだろうか」

「数日も寝込むような状態になるなど、もしやお酒に薬のようなものが混ぜられていたのではないかとも思うのです。もしくは、相当強いお酒だったのか。いずれにしても悪質です」

「強い酒か。ならば、どぶろくだろうか。どのような酒を吞ませていたのかが分かれば、何かの手懸かりになるかもしれぬな」

「これ以上、弱い立場の女人たちが犠牲《ぎせい》になることは、我慢がなりません。それに……他人事《ひとごと》とは思えないのです。私もお客様をもてなすお仕事をしておりますので。お付き合いで吞むことも、時にはございますし」

溜息をつく冬花に、国光は力強く言った。

「分かった、色々調べてみよう。はっきりと悪事を突き止められれば、公儀の目付衆から藩へ忠告してもらえるだろうし、藩内で処罰してもらうこともできるだろう」

「頼もしいお言葉、ありがとうございます。国光様、どうぞよろしくお願いいたします」

冬花はまたも深く頭を下げる。国光は苦い笑みを浮かべた。

「先ほど冬花さんが怒った訳が、いっそう分かるような気がする。そのような、人を人とも思わぬ侍の話を聞いた後ならば、私の軽率な発言に苛立《いらだ》ったのも無理はあるまい」

「私こそ軽率でございました。怒ったり、苛立ったり、はしたない真似をしてしまって。お許しくださいませ」

「なに、怒るのも苛立つのも、人間らしくて、結構ではないか。淑やかな冬花さんもいいが、怒った冬花さんもなかなか魅力があるぞ。ぐっときた」

大きな声で笑う国光に、冬花は「まあ」と目を瞬かせる。そこへ又五郎が料理を運んできた。

「賑やかでよろしいですな。これでも召し上がって、ほっこりなさってください」

　皿に盛られた里芋の煮転がしを見て、国光は眦《まなじり》を下げた。

「これも私の好物ではないか。どうしてこうも手に取るように分かるのか」

　舌《した》舐《な》めずりをして、国光は早速頰張る。満面に笑みを浮かべながら続けて三つ食べ、酒を啜った。

「いや、こちらも絶品ではないか。これは板前が作ったのだろう」

「はい、私が作りました。でも、女将の得意料理でもありますよ。まあ、どうぞ、ごゆっくり味わってください」

　又五郎は一礼して、板場へ戻る。嬉々として煮転がしを味わう国光を眺め、冬花は思わず口にした。

「国義様も、里芋の煮転がしがお好きですものね。やはり親子でいらっしゃいますわ」

　国光はもぐもぐと口を動かし、呑み込み、酒をまた一口啜って、優しい笑みを浮かべている冬花を見やった。

「冬花さんはどうやら父上の贔屓と見たが、違うかな」

「え……」

「まあ、私より倍以上も生きておられる父上のほうが、人間ができているということは否《いな》めないだろう。父上は役人だった頃、人望が厚いことで聞こえていたからな。だがな、冬花さん。人間とは成長していくものだと思うのだ。恥を重ね、失敗を重ねて、人は皆、成長する。そう思わないか」

「はい……思います」

「うむ。だから今は父上のほうが遥かに人として勝っているとしても、私がめざましく成長を遂げれば、近いうちにも父上を追い越してしまうことだってあり得るのだ」

「そうかも……しれませんね」

国光は冬花を食い入るように見つめ、微笑んだ。

「私はただ、それを言いたかっただけだ」

「はい」

国光が差し出した盃に、冬花は酒を注ぐ。近くに置いた火鉢から、炭の爆《は》ぜる音が微かに聞こえていた。

店を終《しま》って又五郎が帰ると、冬花は二階へ上がった。いつものように鮎太は先に寝《やす》んでいる。その可愛い寝顔を眺めながら、起こさぬようにそっと掻巻《かいまき》を肩までかけ直していると、鮎太が不意に目を開けた。

「ごめんなさい。起こしてしまったわね」

謝る冬花に、鮎太は首を横に振って微笑んだ。円《つぶ》らな目をくりくりとさせ、鮎太は口を開いた。

「この前、楽しかったね。達雄ちゃんたちと一緒に集まった時」

冬花は鮎太に笑みを返した。

「そうね。皆でお祝いできてよかったわね」

「達雄ちゃんも袴が似合っていたね。達雄ちゃんもお母さんの手縫いだって言ってた。達雄ちゃんのお父さんも優しいね。遊びにいくと、いつもにこにこしているんだ。お葉ちゃんのお父さんも」

冬花は鮎太に顔を近づけ、小さな肩をさすった。

「鮎太もお父さんがほしいの？」

鮎太は無言で冬花を見つめ、少し考えて、答えた。

「お母さんはどうなの。寂しくないの？」

冬花は微笑んだ。

「お母さんは、鮎太がいるから寂しくないわ」

鮎太も顔をほころばせる。

「よかった。おいらもそうだよ。でも、おいらに気を遣わないで。ねえ、この前来たお役人さんは、どう？」

「そうねえ……悪い人ではないだろうけれど、鮎太のお父さんにはどうかしら」

「じゃあ、国義様は」

無邪気に微笑む鮎太の傍《かたわ》らで、冬花は頰を仄かに染めた。

「もう、早熟《ま》せたことを言わないの」

冬花は白魚のような指で、鮎太の額《ひたい》を軽く小突く。鮎太は円らな目を瞬かせ、澄んだ声で言った。

「じゃあ、おいらが早く大人になって、お母さんをお嫁にもらってあげるよ。そうすればずっと一緒にいられるだろう」

鮎太に見つめられ、冬花の心はなぜだか揺れ動いた。気持ちを抑えながら、冬花は少し強い口調で答えた。

「何を言っているの、親子は夫婦《めおと》になれっこないでしょう。早熟せたことばかり言ってないで、早く寝なさい」

「うん……じゃなくて、はい」

冬花は表情を緩め、鮎太に搔巻をかけ直す。冬花をじっと見つめながら、鮎太はぽつりと呟《つぶや》いた。

「ごめんね、お母さん」

冬花は鮎太に微笑みかけた。

「何を謝っているの」

すると鮎太は身を起こし、不意に冬花に抱きついた。冬花の首に小さな手を回し、しがみついてくる。三つまではこのようなこともよくあったが、近頃ではいきなり抱きつくことなどなかったので、冬花の心はさらに揺れ動いた。

戸惑いながらも鮎太を受け止める冬花の胸を、ある思いがよぎる。

――まさか……この子も、いつか別れが訪れることを、薄々勘づいているのかしら。子供の勘は、大人以上に、時に恐ろしいほどに優れているというもの。

冬花は心を震わせながら、鮎太をそっと抱き締めた。

鮎太は暫くしがみついていたが、身を離して布団に横たわり、「おやすみなさい」と言って目を瞑《つむ》った。

その夜、鮎太の寝息を聞きながら、冬花はなかなか眠ることができなかった。

三

曇り空の下、冬花は風呂敷包みを持って、佳つ江に料理を届けにいった。今日は歩きではなく、舟で向かう。猪牙舟に揺られて大川を上る間、向こう岸の本所《ほんじょ》深川《ふかがわ》の眺めに目をやる。色づく春や鮮やかな夏、錦を綾なす秋とは異なり、冬枯れの景色はやはり物悲しい。しかしながら、次に来る季節に向けて力を蓄《たくわ》えているような、静かな強さを感じさせ、冬花はこの侘《わび》しい風景が決して嫌いではなかった。

柳橋の辺りで舟を降り、芸者置屋の富政へと赴く。冬花の顔を見ると、女将のお富はたいそう喜んだ。

「本当に届けてくださって、ありがとうございます」

「佳つ江さんの具合は如何ですか」

「どうにか起き上がれるようにはなりましたが、相変わらず何も食べられない状態ですよ。でも、女将さんのお顔を見たら、元気が出るかもしれません。どうぞお上がりくださいまし」

「お邪魔いたします」

冬花は上がり框《がまち》を踏み、お富の後に続く。奥の部屋に通され、冬花は佳つ江と対面した。佳つ江は臥せっており、顔色は青白く、頬はこけ、相当衰弱《すいじやく》していると一目で分かった。

「梅乃の女将さんが、お前のために料理を届けてくださったよ」

お富が声をかけると、佳つ江は半身を起こそうとした。冬花は告げた。

「無理をなさらないでください。どうぞそのままで」

だが佳つ江はどうにか座った姿勢になり、冬花に頭を下げた。

「私のためにここまでお出向きいただき、恐れ入ります」

「そんな。押しかけてしまい、こちらこそ恐れ入ります。……女将さんからお話を伺いまして、佳つ江さんにどうか一口だけでも何か召し上がっていただきたくて。差し出がましくも、手前どものお料理をお届けいたしました」

佳つ江は弱々しく微笑んだ。

「ありがとうございます。とても嬉しく思います」

「でも、決して無理はなさらないでくださいね。お口に入れられないようでしたら、残していただきたく存じます。もし今お召し上がりになれなくても、この時季でしたら一日ぐらいは持ちますので、体調がよろしい時を見て召し上がってみてください」

佳つ江は切れ長の目を瞬かせた。

「まあ、どのようなお料理なのかしら」

冬花は風呂敷を解き、竹皮包みを取り出した。竹皮をそっと開け、佳つ江に差し出す。佳つ江は目を瞠った。

「雪みたい……真っ白で」

「淡雪羹《あわゆきかん》です。雪を頬張るような感覚で、お召し上がりになれますよ」

冬花は佳つ江に微笑みかける。淡雪羹は、寒天と砂糖と卵白で作る。寒天と砂糖に水を加えて煮て溶かし、泡立てた卵白を加えて固めたものだ。

切り分けて持ってきていたので、冬花は小皿に一切れ載せた。佳つ江はそれを見つめ、ゆっくりと手を伸ばす。冬花は佳つ江に、楊枝《ようじ》を添えて渡した。

雪の如き菓子に魅入《みい》られたかのように、佳つ江は何の躊躇いもなく、楊枝で細かく切って、口へと運んだ。

淡雪羹は、佳つ江の口の中で、まさに淡雪のように溶けて消えてしまった。円《まろ》やかな甘みだけを残して。

佳つ江は驚いたように、小皿に載った淡雪羹を眺める。佳つ江は楊枝を動かし、また口に入れた。淡雪羹の淡く優しい甘みは、佳つ江の傷ついた胃ノ腑だけでなく、心にまで溶けて沁み入った。

「……美味《おい》しいですね」

佳つ江は味わいながら、涙をはらはらとこぼす。

「やっと食べることができたねえ。よかったよ、本当に。梅乃さんのおかげです」

お富が声を詰まらせる。冬花も笑みを浮かべつつ、袂でそっと目元を拭った。

佳つ江は純白の菓子を一切れ食べ終え、冬花に改めて感謝を述べた。

「なんてお礼を言っていいか分かりません。とても食べやすくて、本当に美味しくいただきました。ありがとうございました」

「こちらこそ嬉しいです。佳つ江さんに召し上がっていただけて」

少し口にしただけでも、佳つ江の目に精気が戻り始めている。食べ物が持つ力というものを、冬花は改めて感じていた。

僅《わず》かでも元気が出たのだろう、佳つ江は白湯《さゆ》を飲みながら事の顚末《てんまつ》を語った。

「金払いがよい客だったので、断ることもできませんでした。何度も一気呑みをさせられ、気を失ってしまうまで呑まされ続けたのです。その客は恐らくどこかの藩士で、あちこちで芸者や遊女に無理に酒を呑ませ、色々な女を酔い潰しては喜んでいる、悪評高き者です。……現に、大量の飲酒によって、亡くなってしまった女《ひと》もいると聞きます」

冬花は息を呑んだ。

「それって……人殺しではないですか。その侍は、本当にそこまでしていたのですか」

お富が口を挟んだ。

「深川の岡場所の女が、大酒を呑まされた挙句《あげく》に亡くなったって話ですよ。気を失った女をそのまま寝かせておいたら、翌朝には冷たくなっていたそうです」

「まあ……なんて酷い」

冬花は眉根を寄せ、顔を顰めた。なにやら冬花まで胃ノ腑から苦いものが込み上げてくるようで、手で胸元をそっと押さえる。その苦いものとは、怒りと悲しみであった。

——お金の力にものを言わせ、女人の躰のことも考えないで好き放題するなんて。どれほど性根の腐った男なのでしょう。武士というのに。

冬花の手が震える。冬花が抱いた怒りは、自分でも訳が分からないほどに、激しいものだった。

佳つ江の話でも、男は恐らくは藩士らしいとのことだった。だが、身分ははっきり明かしておらず、名乗っていたのも偽名だったようだ。歳は五十絡《がら》みだという。冬花は訊《たず》ねてみた。

「いったい、どのようなお酒を呑まされたのですか」

「どぶろくです。部屋にあったどぶろくを、どんどん呑まされましたが、その藩士は……拘《こだわ》って呑んでいました。確か、小鹿《こじか》ノ嶋《しま》という酒を欲しがり、買いにいかせていました」

「小鹿ノ嶋、ですか。小鹿嶋《おがしま》温泉ってありますよね。温泉番付にも載っております。確か……奥羽《おうう》のほうだと」

冬花は、ふと眉根を寄せた。

「ええ。そうだと思います。……もしや、あの侍は、奥羽のほうの者なのかもしれません。訛《なま》りがあったのです。江戸が長いのでしょうか、あまり出ないのですが、お酒が廻《まわ》ると、癖のある言葉が出ていました。なんて言ってましたっけ……

そうそう、『んめ』とか『んめごと』とか」

「んめ、ですか。どういう意味なのでしょう」

「よく分かりませんが、お酒を呑んで、満足げに呟いてました。何度も」

冬花は考えを巡らせる。

「もしや、旨い、という意味なのかもしれませんね。『うまい』が、『んめ』になったのかもしれません。『うんめえ』が縮まって」

「ああ、なるほど！」

お富が膝を打つ。佳つ江も大きく頷いた。

「お酒を呑みながら言っていたのですから、女将さんの仰《おつしや》るとおりでしょう。やはり、どことなく奥羽のほうの訛りのように思えます」

「奥羽のほうにある藩の、藩士ということでしょうか」

手懸かりを摑んだような気がするが、冬花はどうしてか、何かが胸に引っかかった。

佳つ江は話しながら淡雪羹をもう一切れ食べ、冬花に繰り返し礼を言った。侍の話は気懸かりだったが、佳つ江を励ますことはできたようで、冬花は安堵《あんど》する。お富に船着場まで見送られ、冬花は舟に乗った。

舟に揺られて帰る途中、冬花は複雑な思いだった。曇り空の下、妙に薄暗い川《かわ》面《も》を眺めながら、冬花の脳裏にふと浮かんだ。

——そういえば、ずっと昔、誰かがこんなことを言っていたような気がするわ。酒癖の悪い奴は本当に見苦しい、と。自分が呑むだけでなく、人にも勧めて、もう呑めぬと断ると、いやいやまだいけると無理やり呑ませる。相手を酔い潰して、にやにや笑っている。武士にあるまじき姿、まったく悪趣味だ、と。……誰が言っていたのでしたっけ。お客様？　いいえ、違うような気がするわ。もっと別の……。

冬花の頭が激しく痛んだ。眉間に皺を寄せ、こめかみにそっと手を当てる。冷たい風に吹かれ、痛みはいっそう強くなる。冬花の美しい富士額《ふじびたい》に、微かな汗が滲んだ。

「どうかしましたか、お客さん」

船頭の声が、妙に遠くに聞こえる。

「大丈夫です……」

自分の声も遠くに聞こえ、このまま気を失ってしまうかもしれないと、冬花は目を瞑った。暫くそうして蹲《うずくま》っていると、何かが頰に落ちた。冷たいものが、ふわふわ、と。

冬花がそっと目を開けると、粉雪が舞い始めていた。細やかな雪が、絶え間なく川面に溶けていく。冬花は、淡雪羹を思い出した。

——召し上がっていただけて、本当によかったわ。

冬花の心に温かな思いが広がると、頭の痛みは少しずつ消え失《う》せていった。

「お客さん、寒くありませんか」

船頭の声も、近くに聞こえるようになる。

「ええ、平気です。雪の眺めを見ていると、寒さも忘れてしまうわ。雪って冷たいのに温かな感じがするのは、どうしてなのかしらね」

「そりゃ、お客さんの心が温かだからですよ」

船頭の答えに、冬花は静かな笑みを浮かべる。粉雪が降る中、舟は悠々と大川を渡っていった。

雪は積もることはなかった。佳つ江に料理を届けた翌々日の夜、国義が梅乃を訪れた。客足が落ち着いた頃、冬花は国義の傍《かたわ》らに座り、酌をした。

国義は相変わらず、居眠りをしている猫のような顔で、目を細めて酒を味わう。又五郎が運んできた料理は、葱の丸焼きだ。長葱一本を使ってもよいが、又五郎は半分に切り、串を刺して、真っ黒焦げになるまで火で炙《あぶ》る。皿にはその真っ黒になった葱が載っているが、国義は些かも動じない。食べ方を知っているからだ。

国義は葱を摑み、黒焦げの皮を剝《む》く。すると、粘つく汁が溢《あふ》れる真っ白な中身が現れる。それを齧《かじ》る。皮を焼いたことによって、葱の持つ旨みと甘みが、一段と増しているのだ。まずは何もつけずにそのまま齧り、国義は満足げに頷く。そして酒を一口。

次には、醬油と味噌を併せたタレにつけて、もう一齧り。夏にはこのタレに擂った大蒜《にんにく》や生姜を混ぜても、また乙なり。

甘みのある葱と辛口の酒を交互に味わい、国義は感嘆《かんたん》の息をつく。

「葱とはどうしてこうも旨いものなのか。しかし真っ黒になるまで外側を焼くとは、面白いことを考えるものだ」

「板前が思いついたのです。ある時葱を焼いていて、うっかり目を離した隙に、焦がしてしまったそうで。もったいないからと皮を剝いて自分用のお菜にしたら、みずみずしくて驚くほどに美味しかったとのことです」

「真っ黒になっても一皮剝けば、また初々しい味わいが見えてくるという訳だな。なにやら日焼けした肌のようでもあるし、人生のようでもあるな」

「本当に。面白いですね」

冬花は口元を袖で押さえ、淑やかに笑う。国義は冬花に酒を注ぎ返した。

「ありがとうございます。いただきます」

冬花は両手で盃を持ち、一口味わう。ほぅと息をつき、長い睫毛《まつげ》を瞬かせた。

国義は冬花を眺めながら、不意に言った。

「実は、冬花さんに謝らなければならないことがあるんだ」

「え……どのようなことでしょう」

冬花は国義を見つめた。

「うむ。倅《せがれ》に訊かれて、話してしまったんだよ。冬花さんが先代の女将の実の娘ではないということをな」

「そうなのですか。でも、まったく大したことではございませんので、どうぞお気になさいませんよう。……国光様に、この町で生まれ育ったのかと訊かれて、私、言葉を少し濁してしまったのです。それゆえ国光様も、気に懸けられたのかもしれません」

「うむ。国光の奴、冬花さんに怒られたそうだな。その時、冬花さんが、ついぽろりと口にしてしまったようだ。私はこの町に拾われ、育てられました、とな。それであいつ、その言葉の意味が気になったみたいだ」

冬花は目を見開き、口に手を当てた。

「ああ、口走ってしまったかもしれません。あの時、かっとしていたから、つい、うっかり。……かっとして、などと、はしたないですよね。大切なご子息様に生意気なことを申し上げてしまい、まことに申し訳ございませんでした」

冬花は三つ指を突いて、国義に深く頭を下げる。国義は「よしなさい」と、冬花の肩にそっと手を置いた。

「いいのだよ。冬花さんにがつんと叱《しか》ってもらったおかげで、あいつも目が覚めたようだ。まあ、あいつは冬花さんを褒めるつもりで言ったようだが、あれは確かにあいつの失言だろう。話はすべて聞いたが、冬花さんは何も悪くない、間違ったことも言っていない。案ずるな。すべては奴の落ち度だ。町を守る町方の役人が、あのようなことを口にするなど、もってのほか。わしもきつく叱っておいたぞ。……倅の言葉で傷つけてしまったなら、すまぬ。わしからも詫びを申す」

国義は姿勢を正して、冬花に頭を下げた。そしてゆっくりと顔を上げ、冬花を見つめた。

　国義の笑顔は相変わらず優しくて、口調は穏やかで、冬花の胸に沁み入る。冬花は思わず目を潤ませた。

「お心遣い、いつもまことにありがとうございます。でも……やはり反省いたします。あの時、国光様はこの店に食べにいらしてくださっていたのです。お客様に対して、あろうことか強い口調で意見してしまったのですから」

　国義は冬花の盃に酒を注《つ》ぎ足した。

「それほど気にせんでもよい。冬花さんのそういう真面目《まじめ》なところは、好感が持てるがな。でも真面目過ぎても、自分が苦しくなってしまうぞ。もっといい加減でもいいいぞ、冬花さん。特に、国光など、あんな奴に対してはな」

「まあ」

　冬花は目を瞬かせる。国義は笑みを浮かべ、酒をゆっくりと啜った。

「わしのほうこそ、すまなかった。了解も得ずに、冬花さんが十四の時に先代に引き取られたことを、国光に話してしまったのだからな。だが、それ以上は話していない。その……冬花さんが倒れていたところを先代に助けられたことや、鮎太の出生についてもな。それらをあいつに話すか否かは、冬花さんが自分で決めてくれ。わしからは決して話さないのでな」

「はい。お気遣い、本当にありがとうございます」

「ただ、鮎太のことは国光にも話しておいたほうがよいと思うのだ。あいつはまだ青二才とはいえども、一応は現役の同心であるからな。鮎太の事情を慮《おもんぱか》れば、何かの折には頼りになるやもしれぬ」

冬花は頷いた。

「はい。考えてみます。……鮎太のこと、町方のお役人様に気に懸けていていただけましたら、心強いですから」

「うむ。あいつも用心棒代わりぐらいにはなるだろう。図体《ずうたい》だけはデカいからな」

「まあ」

笑い声を上げていると、又五郎がまた料理を運んできた。

「なにやら楽しそうですな。こんな寒い夜は、淡雪汁をどうぞ。温まってくださ い」

差し出された椀を眺め、国義は相好を崩す。大根おろし、おぼろ豆腐、葛粉《くずこ》を混ぜて出汁で煮て、味噌汁に入れたものだ。とろみのある淡雪汁も、国義の好物である。

箸で掻き混ぜ、崩れたおぼろ豆腐と一緒に、ずずっと啜る。出汁を利かせているので薄味にはならず、かといって濃厚でもなく、素朴《そぼく》ながらも上品な味わいだ。

「いや、これを飲みながら酒を呑むと、悪酔いせずに済むんだ。どうだい、冬花さんも一杯。おい、淡雪汁を冬花さんにも持ってきてくれ」

冬花の返事を待たずに、国義は又五郎に頼む。

「かしこまりました。少々お待ちください」

又五郎は皺の刻まれた顔に笑みを浮かべ、速やかに板場へ戻る。冬花は国義に頭を下げた。

「ありがとうございます。ご馳走になります。……いつもお気遣いくださって、本当に恐れ入ります」

「いやいや、こちらこそ酒に付き合ってもらって、すまぬな。無理して呑まなくてよいからな。体調が芳《かんば》しくない時は、断っておくれ」

「いえ、いつも美味しくいただいております。……国義様と一緒に呑むお酒だからでしょうか」

酔いが少し廻った勢いで口走り、冬花は頬をほんのり染める。国義は微笑み、盃を近づける。冬花は微かに震える手で、盃を合わせた。

又五郎が冬花の分も持ってきて、二人は淡雪汁を味わいつつ、酒を楽しんだ。

国義は、佳つ江の一件も、国光から聞いて知っていた。

「酷いことをする侍がいたものだな」

「本当に。藩士という噂もございますが、どのようなお役目なのでしょう」

冬花は、佳つ江から知り得たことを、国義に語った。

「それで……そのお侍が好んでいたお酒の銘柄や訛りなどから、奥羽のほうの藩の者ではないかとも思うのです」

「なるほどな、奥羽か。時間がかかるかもしれんが……現役時代の伝手《つて》で、少し探りを入れてみるか。冬花さんの勘働きは、合っているかもしれん」

「佳つ江さんや多くの女人たちのためにも、お願いいたします」

冬花は恭しく礼をする。冬花の面持ちの微妙な変化を感じ取ったのだろう、国義が訊ねた。

「どうした、冬花さん。少し酔ったか」

「いえ……。本当に酷いことをするものだなと思って。なにやら悲しくなってしまったのです」

「うむ。その佳つ江という芸者も心配だ。躰のほうは大丈夫なのだろうか」

「一昨日《おととい》、お料理をお届けしましたら、少し口にしていただけましたので、ひとまず安心いたしました。倒れてからずっと何も召し上がっていなかったようですので」

「ほう。冬花さんが作った料理は食べられたというのだな。いったい何を作って届けたんだい」

「淡雪羹です。羊羹に似たお菓子なのですが、真っ白で、見た目が雪のようなのです」

「それは風流ではないか。わしはまだ食べたことがないから、是非、今度味わわせておくれ」

「はい。小梅村のお宅へ、喜んでお届けいたします」

冬花は雪の如く白い頰を、いっそう染める。

「出前で頼むので、よろしくお願いするよ。淡雪汁に淡雪羹、梅乃の料理はやはりよいなあ」

二人は微笑み合う。国義の傍らで、冬花は淡雪汁をそっと啜る。どこか懐かしいような爽《さわ》やかな味わいは、冬花の国義への思いにも似ている。冬花の躰は温もった。

嫌な話を聞いた後でも、国義の穏やかな笑顔と、綺麗な呑み方を眺め、冬花の心は慰められるのだった。

佳つ江がいる富政から、一日置きに出前注文が入るようになった。決まって、淡雪羹を三棹《さお》。佳つ江がほかのものを口にできるようになるまで、続くと思われた。冬花は早くよくなってほしいとの願いを籠めて、淡雪羹作りに精を出した。

第三章　連続出前注文の謎

一

霜月下旬、冬花は今日も出前の料理を持って、梅乃を出た。届ける先は、荒布《あらめ》橋を渡った先の堀江町《ほりえちょう》だ。この辺りは傘屋と下駄屋が多いので照降町とも呼ばれ、梅乃がある本船町とそう離れてはいない。

寒い日にも賑《にぎ》わっている魚河岸《うおがし》を歩きながら、冬花はどこか浮かない顔だ。鮎太と喧嘩《けんか》をして、そのままなのである。

原因は些細《ささい》なことだった。昨夜、冬花が店を終《しま》って二階の部屋に戻ると、鮎太はまだ起きていて、独楽《こま》遊びに夢中になっていた。大山《おおやま》独楽といって、芯は木を丸く削っているので、畳はそれほど傷《いた》まないが、夜まで熱中するのは、やはり感心しなかった。

そこで冬花は窘《たしな》めた。

――こんな遅い刻限まで、何をしているの。早く寝なさい。

冬花がきつく言うと、珍しく鮎太は口答えをしてきたのだ。

――だって、手習い所の皆の間で流行《はや》っているんだもん。

――独楽遊びをしてはいけないとは言っていないわ。もっと明るいうちに遊べばいいでしょう。四つ過ぎまでしてはいけません。

――だって。

――だってじゃありません。

すると鮎太は唇を尖《とが》らせ、冬花を睨《にら》んだ。

――鮎太、お母さんの言うことが聞けないの。

冬花も睨み返す。二人は暫《しば》し眼差《まなざ》しをぶつけ合ったが、鮎太はぷいと横を向き、膨れっ面のまま布団に潜り込んだ。

朝になっても蟠《わだかま》りが解けず、鮎太は冬花の顔を見ようともせずに朝餉《あさげ》を食べ、さっさと手習い所へ行ってしまった。

思い出しながら、冬花は溜息をつく。

――喧嘩をしたことは今まで何度もあったけれど、鮎太ったら、近頃やけに生意気だったりするのよね。そういう年頃なのかしら。

荒布橋を渡る時、立ち止まって掘割《ほりわり》を眺める。陽の光を受けて煌《きら》めいている水面《みなも》を見ながら、冬花はふと子供たちの笑顔を思い出した。

――独楽やめんこで無邪気に遊んでいる時間って、あの子たちにとっては大切なのでしょうね。……私もおはじきやお人形遊びに夢中になったことがあったのよね、きっと。

昔のことを思い出そうとすると頭が痛むことがあるので、冬花は無理に思い出そうとはしない。でも、おはじきやお人形遊びを楽しんでいる自分の幼い姿は、想像ができた。

――鮎太に、もう少し優しく注意してあげればよかったかしら。

冬花に反省の気持ちが込み上げる。

――今日のおやつには、鮎太の好物の、餡《あん》たっぷりのお母さん焼きを作ってあげようかな。

優しくし過ぎてもいけないし、厳しくし過ぎるのもいけない。鮎太を育てながら、冬花も一つずつ学んでいくのだった。

堀江町に着き、冬花は喜代《きよ》の住処を訪ねた。

喜代は以前からちょくちょく梅乃に注文をくれる。齢《よわい》二十五、艶《つや》っぽい美貌《びぼう》で人気の女義太夫《ぎだゆう》である。近くの堺町の寄席《よせ》によく出て、当たりを取っていた。ちなみに女義太夫の贔屓《ひいき》には大名や旗本も多い。寄席ができる前は、女義太夫の活躍の場は大名や旗本たちの奥向きだったゆえ、その名残《なごり》であろう。

喜代が頼むのはたいてい一人前で、だいたいいつも同じ品書きなのだが、その日は二人前の注文で、喜代がいつも頼む品目ではなかった。

——喜代さんがよくご注文くださるのは、ざる蕎麦《そば》や冷やし饂飩《うどん》など、さっぱりしたものよね。今日お届けする鰻《うなぎ》の柳川《やながわ》風は、初めてご注文いただいた品だわ。

喜代の好物でもないようなので、本日の注文はお客をもてなすためのものかもしれないと、冬花は察していた。

「ごめんくださいまし。本船町の梅乃でございます。お料理をお届けに参りました」

玄関先で声を上げると、喜代が出てきたので、冬花は少し意外だった。いつも下働きのお墨《すみ》が受け取りにくるからだ。

「あら、ありがとと」

喜代は笑顔で受け取り、冬花に代金を渡す。薄化粧で藍絣《あいがすり》の小袖を纏《まと》っていても喜代はなんとも艶《あで》やかで、女の冬花でも見惚《みと》れてしまう。豊満な美しさを湛《たた》える喜代だが、今日はなにやら可愛らしさも漂っていた。

玄関に男物の履物《はきもの》が揃えてあることに、冬花は気づいた。

「いつもありがとうございます」

丁寧に礼をし、速《すみ》やかに帰ろうとする冬花を、喜代が呼び止めた。

「あ、女将さん。悪いんだけれど、明日も今ぐらいの刻に、お料理を届けてもらえないかしら。軍鶏《しゃも》鍋を頼みたいんだけれど。二人前、お願いできる？」

「え……あ、はい、かしこまりました、お届けいたします」

喜代は派手な作りの顔を、いっそうほころばせた。

「よかった、ありがとう。じゃあ、この丼は、明日お返しするわね。それでいい？」

「もちろん、その時で構いません。では明日、またお伺いいたします」

冬花はもう一度頭を下げ、喜代宅を後にした。

店に戻ると、手習い所から帰ってきた鮎太が、座敷に座って昼餉を食べていた。あまりものの鰻の柳川風を頬張りながら、鮎太が冬花をちらと見る。お帰りなさいの言葉もないので、冬花が先に声をかけた。

「お帰りなさい、鮎太」

しかし返事はない。鮎太はそっぽを向き、また鰻を突《つつ》く。卵で綴《と》じた丼物は、鮎太の好物だ。

――この子って結構、強情なところがあるのよね。……私もそうだけれど。

冬花が溜息をついていると、又五郎が板場から出てきて、冬花にお茶を渡した。又五郎は鮎太にもお茶を出した。

「鮎坊、挨拶《あいさつ》はしっかりせんとな」

又五郎が言うと、鮎太は小さく頷いた。だが冬花を見ようともしない。

お茶を一口啜って、冬花は再び鮎太に声をかけた。

「今日もこれから達雄ちゃんたちと遊ぶの？」

「……八つ半から半刻の間、耕次お兄ちゃんがお相撲の稽古をつけてくれるって」

鮎太が小さな声で答えたので、冬花は微笑んだ。

「よかったわね。しっかりお稽古してらっしゃい。あ、その前におやつ食べていってね。鮎太の好きな、お母さん焼きを作るから。餡を多めでね」

鮎太は振り向き、ようやく冬花と目を合わせた。鮎太のあどけない顔に、笑みが戻る。

「うん！　……じゃなくて、はい」

「おっ、いい返事だな、鮎坊」

又五郎が鮎太の小さな頭を撫でる。冬花は目を細めて、二人を眺めた。


次の日、小雨《こさめ》が降る中、冬花が出前を届けると、喜代はまた注文をした。

「明日もお願い。今さ、お墨の具合が悪くて休ませているの。だから料理を作る人がいないのよ。私は……ほら、そういうこと下手だから」

喜代は舌をちらと出す。喜代は奔放《ほんぽう》で我儘《わがまま》なところはあるが、どこか憎めない。冬花は微笑んだ。

「かしこまりました。明日のお料理は如何いたしましょうか」

「それなんだけれどさ、ガッキ煮、ってのをお願いしたいのよ。分かる？」

「ガッキ煮……ですか」

冬花は首を傾げ、口の中でその料理の名を小さく繰り返してみた。冬花はガッキ煮という言葉に覚えがあるようなないような、不思議な感覚を抱いた。

「なんでも奥羽のほうの郷土料理らしいわ。私も初めて聞いたんだけどさ。馬のすじ肉の煮込みなんですって。あ、作り方を教えてもらったわ」

喜代は懐から紙片を取り出し、冬花に渡した。それを眺めながら、冬花はなにやら胸騒ぎを覚えた。喜代の口から、奥羽という地名が出たからだ。例の、悪さをしている藩士を連想してしまう。

「馬のすじ肉、今から用意できるかしら」

「はい。恐らく、大丈夫だと思います。ももんじ屋さんに伝手《つて》がございますので、当たってみます」

「さすがは女将さん！　頼りになるわあ。よろしくね」

「かしこまりました。ご注文ありがとうございます」

今日も、男物の履物が揃えてある。

丁寧に礼をして、冬花は喜代宅を後にした。

店に帰って又五郎に相談すると、すぐさまももんじ屋に出向き、馬のすじ肉を手に入れてきた。冬花は感嘆の声を上げた。

「さすが又五郎さん、頼りになるわ」

「この道一筋、四十五年。なんでも仰ってください」

又五郎は笑みを浮かべ、紙片を眺めつつ早速ガッキ煮を作り始める。届けるのは明日でよいのだが、初めての料理なので、一度作って味を見たいと思ったのだろう。それは冬花も同様だった。

冬花が生姜を擂ろうとしていると、鮎太が板場に入ってきた。

「おいらも何か手伝おうか」

座敷の乾拭きが終わり、どうやら手透きのようだ。小雨が降ってきたので、今日は遊びにもいかないらしい。冬花は鮎太に微笑んだ。

「じゃあ、牛蒡《ごぼう》を洗ってくれる?」

「はい」

冬花が束子《たわし》を渡すと、鮎太はそれで牛蒡を熱心に擦《こす》り始めた。牛蒡の真っ黒な皮が、鮎太の幼い力で削《そ》ぎ落とされ、白い中身が現れてくる。冬花は顔をほころばせた。

「鮎太がお手伝いしてくれると助かるわ」

「鮎坊は腕がいいな。五つにしてその手つき。おっちゃんも負けられねえぜ」

二人に褒められ、鮎太は嬉しそうに頬を紅潮させ、いっそう熱心に牛蒡を洗った。

切った牛蒡、葱、蒟蒻《こんにゃく》、生姜などと一緒にすじ肉を煮込んで、ガッキ煮は完成した。

又五郎はそれを一口味わい、唇を舐《な》める。納得したように頷くと、皿によそって冬花に渡した。

「ちょっと味を見てください」

「私、桜肉を食べるのは初めてだわ」

馬肉の旨みが溶け出た汁は、濃厚な匂いを放っている。冬花は熱々のそれに息を吹きかけ、恐る恐る口にした。とろりと蕩《とろ》けるほどに煮込んだ馬のすじ肉は、葱や生姜が利いているのか思ったより臭みもなく、充分な美味しさだ。酒と味醂《みりん》と醤油に砂糖を少々加えて煮込んだので、すじ肉にはコクのある甘辛い味が沁《し》みていて、食べると元気が出るようだった。

「……なかなかよいお味ね」

ガッキ煮の出来に満足しながらも、冬花は食べる手を急に止めた。

冬花は馬肉を食べるのは初めてと思っていたが、この味には覚えがあったのだ。蕩けるすじ肉の、深みのある甘辛い味。

——どうして私はこの味を知っているのかしら。いつ、どこで食べたというのでしょう。ここに来てから食べたのは、間違いなく初めてだわ。ならば、この料理を食べたことがあるとしたら、それ以前ということね。記憶を喪っている頃のことだわ。

冬花の鋭敏《えいびん》な舌は、味を覚えていたのであろうか。頭がまた痛み、冬花は眉根を寄せた。こめかみを押さえる冬花を見上げながら、鮎太が声をかけた。

「お母さん、どうしたの。頭が痛いの？」

冬花は我に返り、笑顔を作った。

「ううん、大丈夫よ。このところ冷えるから、少し風邪を引いたのかも。鮎太も気をつけてね」

「はい」

素直に返事をする鮎太にも、又五郎はガッキ煮をよそった椀を渡した。

「鮎坊も少し食べてみるかい。鮎坊に皮を削いでもらった牛蒡が入ってるんだ。

旨いぜ」

「わあ。馬肉食べるのおいらも初めてだ。いただきます」

鮎太はまずは汁を啜って、笑みを浮かべる。ささがきの牛蒡を食べていっそう顔をほころばせ、すじ肉を頰張って目を丸くした。

「こういう味なんだ、馬肉って。あっさりしてるね。思ったより硬くない」

「又五郎さんの煮込み方が上手だからよ」

冬花の頭痛も治まってきた。又五郎は目尻に皺を寄せて笑った。

「いやいや、皆で作ったからですわ。よい味に仕上がって、安心しました。これならお客さんにも届けられます」

「本当ね。この味ならば喜代さんに喜んでいただけるわ」

「おいらもそう思う」

鮎太が澄んだ声を響かせると、板場に笑いが起きた。外は雨があがり、晴れ間が見えてきたようだった。


それからは頭が痛むこともなく冬花は一日を終えたが、ガッキ煮の味に覚えがあることは、やはり気懸かりだった。夜、鮎太と布団を並べて横たわりながら、冬花はなかなか眠りにつくことができなかった。


翌日、冬花は複雑な思いを胸に、再び喜代のもとへ出前を届けた。

喜代は礼を言って受け取り、また次の注文をした。

「明日もお願いできるかしら。がめ煮って分かる？」

「それは存じております。筑前《ちくぜん》のほうのお料理ですよね」

「そうよ、さすがは女将さん！　それも郷土料理で、なんでもすっぽんとか亀と一緒に野菜を煮込むからその名で呼ばれるんですって」

「かしこまりました。では、すっぽんを使って、作らせていただきますね」

冬花は恭しく礼をする。喜代は朗らかに微笑んだ。

「梅乃さんのお料理は間違いないもの。評判いいからさ」

「ありがとうございます」

冬花は思った。

——喜代さんのご贔屓筋には、各地の大名家の方々もいらっしゃるのでしょうね。江戸勤番や江戸定府の方々が、故郷を懐かしむお料理を求めていらっしゃるのかもしれないわ。

玄関には、今日も男物の履物が見えた。

冬花は明日がめ煮を届けることを約束して、喜代宅を後にした。

すると、近所の傘屋のお内儀が声をかけてきた。

「ねえ、このところ毎日、喜代さんのお家に出前を届けているでしょう。なにやら毎日、男の人が訪ねてきてるのよ。三日続けて、それも毎日違う人なの。その人たちと一緒に食べるために、出前を頼んでいるのかしらね」

「お墨さんが、お具合が悪くてお休みされているそうですよ」

冬花の返事に、内儀は鼻白んだ。

「そうかしら。数日前に会った時は、ぴんぴんしていたけれど。まあ、今、あの家にいないのは確かなようね。温泉にでも行ってるんじゃない？」

「湯治なさっているのかもしれませんね」

冬花は会釈《えしやく》して通り過ぎた。人の噂話、それもお客に関することならば尚更《なおさら》、冬花は乗らないようにしている。木枯らしが吹いてきて、冬花は半纏《はんてん》の前を手で押さえながら、急ぎ足で梅乃へと戻っていった。

翌日、冬花は喜代にがめ煮を届けた。これで四日目だ。喜代は冬花に手を合わせた。

「もう一度、頼まれてもらえないかしら。明日もお願いしたいの」

「かしこまりました。明日は何をお届けいたしましょうか」

「鰤《ぶり》と大根の煮物と、金平《きんぴら》牛蒡をお願いするわ。あ、ご飯もつけてくれるとありがたいのだけれど」

冬花は微笑んだ。

「かしこまりました。ご飯とお味噌汁もおつけいたします」

「ありがとう、さすが女将さん！　よろしくね」

喜代は相変わらず朗らかだ。だが、冬花は首を少々傾げた。今までと違って、一人前のみの注文だったからだ。四日続けて二人前の注文をした後で、五日目は一人前に変わったことを、冬花は些か妙にも思った。しかしよけいなことは口にせず、注文を承《うけたまわ》って、おとなしく帰っていった。

翌日、冬花が出前を届けると、またも喜代が出てきてそれを受け取った。

「ありがとう。続けて頼んでしまって、悪かったわね。どれも美味しかったわ。また、お願いね」

連続の注文も、どうやらひとまずお仕舞いのようだ。

「かしこまりました。こちらこそ、今後ともよろしくお願いいたします」

冬花が礼をして去ろうとすると、喜代は懐から心付けを取り出し、急いで冬花に渡した。

「少ないけれど。忙しいところ、お手数おかけしてしまったから」

「そんな……お気遣いなく。お代はちゃんといただいておりますので」

冬花が拒《こば》むと、喜代は冬花の懐に押し込んでしまった。

「いいの、私の気持ちなんだから。本当にありがたかったわ。あ、ごめんなさい……今、取り込んでいるので。食べ終えたら、お皿は外に出しておくわね。じゃあ、また」

喜代は冬花に会釈すると、料理を持って、奥へと行ってしまう。冬花は懐を手で押さえ、溜息をついた。今日も玄関には、男物の履物が揃えられていた。履物の形や色にどこか見覚えがあった。

帰り道、冬花は喜代の表情を思い出していた。

――今日の喜代さんは、昨日までと違って、どことなくお顔が強張っていたわ。いつもの朗らかさがなくて、緊張している感じだった。……今日もお客様がお見えになっていたようだから、あのお料理はその方が召し上がるのでしょう。でも、どうして今日は二人前ではなかったのかしら。

色々な疑問が胸に浮かび、冬花は悩ましい。魚河岸を歩いていると、店によく食べにきてくれる請下《うけした》の若い衆が威勢よく声をかけてきた。

「女将、どう？　鮟鱇《あんこう》のいいのがあるぜ」

冬花は立ち止まり、板船を眺めた。水戸《みと》のほうから押送船《おしおくりぶね》で届いたようだ。又五郎なら、大きな鮟鱇でも捌くことができる。冬花はそっと懐に手を当てた。喜代からの心付けが挟んである。

――鮟鱇は少々値が張るけれど……買いましょうか。鮟鱇鍋に、どぶ汁に、衣かけ（唐揚げ）に、あん肝の酒蒸し。今宵《こよい》のお勧めは鮟鱇料理で決まりね。

冬花は笑顔で答えた。

「一匹ください」

「ありがとうございやす！　一番大きくて旨そうなの、後で店にお届けしやすよ。お代はその時で」

「お願いしますね」

冬花は丁寧に礼をし、威勢のよい声が飛び交う魚河岸を通り抜け、梅乃に戻っていった。

次の日、冬花は堺町に出前にいったついでに、堀江町の喜代の住処に皿を回収しにいった。喜代は皿を玄関先に置いていてくれたが、それを眺めて冬花は、おやと思った。

皿が汚れたままだったからだ。喜代は皿を返す時、今まで必ず洗ってくれていた。

――洗うのをお忘れになったのね、きっと。

冬花は蔀戸《しとみど》を眺めた。薄暗く、人のいる気配が感じられない。喜代が舞台に出るのは夕刻からが多いので、この刻限ならばいつもは家にいるはずなのだ。

――今日の舞台はお昼からなのかしら。それともどこかに出かけていらっしゃるのかしら。

冬花は懐から懐紙を取り出して一度皿を拭い、岡持ちに入れて持ち帰った。

二

それから三日後の霜月も終わりの頃、冬花が又五郎と一緒に夜の仕込みをしていると、蔀戸を叩く音が聞こえた。冬花は板場を出て、声をかけた。

「はい。どちらさまですか」

「忙しいところすまない。北町奉行所の池畑だ」

心張り棒を外して戸を開けると、国光の姿があった。冬花は、強い口調で言い返してしまったことを再び詫びた。バツが悪かったのだろう、あれ以来、国光は顔を見せなかったのだ。

「先日は申し訳ございませんでした」

国光は頭を掻いた。

「いや、どう考えても、あれは私の失言だった。冬花さん、もう謝らないでくれ。私も深く反省したのでな。……ところで、今日は訊きたいことがあって訪ねたのだ。堀江町に住んでいる、女義太夫の喜代を知っているな?」

冬花は目を瞬かせた。

「はい、存じております。うちの大切なお客様でもいらっしゃいます。喜代さんが何か」

「うむ。どうやら姿を消してしまったようだ。休みを取っていた下働きのお墨が戻ってきて、異変に気づいたらしい。喜代の部屋には、血の痕が残されていたんだ」

「まあ……」

冬花は口を手で押さえ、言葉を失う。中から又五郎が声をかけた。

「旦那、いらっしゃいませ。女将、立ち話もなんですから、中へ入っていただきましょう」

冬花は我に返り、衿元を直した。

「そうね。失礼しました、国光様、どうぞ中へ」

「うむ。仕込みの折に、度々すまぬな」

冬花は国光を座敷へ上げ、お茶を出した。

「私、三日前まで、何日か連続して喜代さんのお宅に出前をお届けしたのです。喜代さん、大丈夫でしょうか。心配です」

「冬花さんが五日ほど毎日出前を届けていたということは、聞き込みで摑んでいた。近所の傘屋の内儀の話からな。それでこうして訪ねたのだが、その時、喜代の様子に何かおかしな点はなかったか。何でもいい、気づいたことを話してもらえぬか」

「正直、少しおかしいとは思っておりました。出前の注文を、立て続けに五日間。ずっと二人前を注文なさっていたのに、五日目には一人前になったのも、不思議に思われました」

「連日、客人をもてなしていたということになるな」

「はい、さように思います」

「聞き込みによると、男が訪問していたようだが」

「はい。玄関先には、いつも男物の履物が揃えてありました」

「一人前を頼んだ、五日目もそうだったか」

「はい。その日にも、男物の履物がございました」

冬花の話を聞きながら、国光は顎《あご》をさすった。

「一人前を頼んだ日というのは、今日からどれぐらい前だ」

「三日前でしょうか」

「三日前か。その日に、喜代は姿を消したと思われているんだ。喜代はその夜に務めるはずだった舞台を、何の断りもなく休んだ。そんなことは初めてだったので、小屋の者が慌《あわ》てて駆けつけたが、何度呼んでも返事がない。明かりも点《つ》いておらず、人の気配がない。それで首を傾げながら小屋に戻った。翌日も翌々日も様子を窺いにいったが、やはり何の返事もなく、小屋の者たちが番屋に相談にいこうか躊躇っているところ、今朝、お墨が帰ってきた。そして騒ぎになったという訳だ」

国光の話を聞きながら、冬花は考え込んでしまった。

「そうだったのですか……。二日前、最後のご注文のお皿を回収しに、私も喜代さんのお宅を訪れていたのですが、その時にも、少しおかしいと思うことはありました。喜代さんはいつもお皿を綺麗に洗ってお返しくださるのですが、その日は汚れたまま玄関先に置かれていたのです」

国光はお茶を啜り、腕を組んだ。

「ふむ。ではその皿を出したのは、喜代ではない別の者だったとも考えられるな」

「あるいは……喜代さんは何か事情がおありになって、動転していらしたのかもしれません。それでお皿のことまで気が回らず、そのまま出してしまわれたとか」

「そうとも考えられるが……五日目の客人が喜代を傷つけ、ぐったりとした喜代を連れ去る時、料理屋に怪しまれぬよう皿は外に出していった、とも考えられないか」

冬花は首を傾げた。

「どうやって連れ去ったのでしょうか。あの辺りは人目が結構あると思うのですが」

「夜更けにではなかろうか。仲間がやってきて、駕籠《かご》で運んだとかな」

「では、喜代さんのお宅へ、小屋の方が様子を窺いにいらした時は、下手人は中で息を潜めていたということですか」

「そういうことになるな」

「……喜代さん、どこへ連れていかれてしまったのでしょう」

「最悪、死体となってどこかに埋められているやもしれんな」

冬花は眉を顰め、胸に手を当てた。

「恐ろしいことを仰らないでください」

「すまん。だが、大いにあり得ることだ。その連日の来客というのは、喜代の贔屓筋もしくは旦那のような者たちだったのではなかろうか。そう見るのが、一番、妥当《だとう》であろう。すると、もしや喜代は、その者たちを強請《ゆす》っていたのかもしれぬ。それがこじれて恨《うら》みを買い、誰かが喜代を傷つけてしまったのではなかろうか」

冬花は姿勢を正した。

「でも喜代さんは、強請りなどをする方ではございませんよ」

「うむ。冬花さんは人が好《い》いから、そう見えるのだろうが、喜代には裏の顔があったかもしれないぞ」

「裏の顔……」

冬花は言葉に詰まる。確かに喜代とはそれほど深く話をするような仲ではなく、あくまでお客と料理人の間柄だ。国光は続けた。

「とにかく、喜代の男関係を洗ってみるつもりだ。訪問していた客がどのような者たちか、必ず摑んでやる。訪れていた男たちを、冬花さんは一人も見なかったのか」

「はい。お見かけしませんでした」

「すべて異なる男たちと思われるが、実は同じ者だったとも考えられるな。一人の者を、五日連続してもてなしていたということはなかろうか」

冬花は首を傾げて少し考え、答えた。

「それはどうでしょう。注文なさった品書きから拝察しますに、すべて違う方だったように思われます。五日連続のご注文のうち、四日目までは、喜代さんもご一緒にお召し上がりになったのでしょう。そして五日目、一人前のお料理を頼まれた日にも男物の履物がありましたので、おそらくその方をおもてなしし、ご自分のぶんは頼まなかった。なぜかは分かりません。五日目にお呼びしたのは特別な方なのか、あるいは四日目までにおもてなしした方を、もう一度お呼びしたのか……」

国光は顎をさすり、冬花を見つめる。

「ふむ。なかなか鋭いではないか。そして、五日目にもてなした客に危険な目に遭わされたということか」

「さようでございます。喜代さんのお部屋に残されていた血は、どれほどの量だったのでしょう」

「それほど多くはなかった。それゆえ、傷つけられたとしても生きていることは、もちろんあり得る」

冬花は胸をまた押さえた。

「少し安心いたしました。でも……どこへ行ってしまわれたか、気に懸かります。どうかご無事でいらしてほしいです」

「そうだな。無事に助け出したいものだ」

すると蔀戸がまた叩かれた。今度は又五郎が出てきて声をかける。

「はい、どちらさまでしょう」

「小梅村の池畑だ。忙しいところすまぬな」

蔀戸の外から国義の声が聞こえてきて、冬花と国光は顔を見合わせた。冬花は速やかに立ち上がり、入口へと向かう。先に又五郎が蔀戸を開け、国義を迎えていた。国義の姿を目にすると、冬花の顔はほころんだ。

「国義様、ご来訪まことにありがとうございます」

「いや、こんな刻限に来てしまって申し訳ない。今日は釣りに出ていてな、メバルが釣れたんで、持ってきたんだよ。料理に使っておくれ」

国義は冬花に魚籠《びく》を渡す。又五郎と一緒に中を見ると、一尺（約三十センチ）は優にあるメバルが二匹入っていた。又五郎が声を上げる。

「見事なメバルですなあ。寒い時季にこんな魚を釣り上げてしまうとは、池畑様、さすがでいらっしゃいますわ」

「本当にいただいてもよろしいのですか。なんだか申し訳ないです」

冬花に見つめられ、国義は微笑んだ。

「もらってくれると嬉しいよ。是非、食べておくれ」

「ありがたくいただきます。国義様には感謝の限りですわ」

「一匹は我々でいただいて、もう一匹をお客様への料理に使いましょうか」

又五郎の意見に、国義は頷いた。

「おお、そうしてくれると、いっそう喜ばしい」

「では、私たちも味わわせていただきますね。鮎太も喜びます。メバル、大好きなので」

和やかに笑い声を立てていると、国光がのそっと姿を現した。国義は目を見開く。

「なんだ、お前も来ていたのか」

「父上、なんだ、とはご挨拶ですな。これでも探索にきているのですよ」

「何か起きたのか。それともこの前の、役者の事件の続きか」

国義の顔が引き締まる。

「新しく起きたんですよ。堀江町に住む女義太夫が失踪《しっそう》しましてね。冬花さんがよく出前を届けていたというので、話を聞きにきていたところです」

冬花は国義に微笑んだ。

「国義様もどうぞお上がりください。お茶をお持ちいたします」

冬花に促《うなが》され、国義と国光は、座敷で向い合って腰を下ろした。

すぐに冬花がお茶と一緒に蜜柑《みかん》と煎餅《せんべい》を運んできたので、国義はそれらを味わいながら、息子から事件の話を聞いた。国義は、喜代の事件に興味を持ったようだった。

「なるほどなあ。それは奇妙な注文をしたものだ。五日続けて注文し、すべて違う品書きか。冬花さん、どのような品書きだったか、覚えているか」

「はい。一日目は、鰻の柳川風。二日目は、軍鶏鍋。三日目は、ガッキ煮。四日目は、がめ煮。五日目は、鰤と大根の煮物に金平牛蒡でした」

国義は、ふむと顎をさすった。

「いずれもわしの好物だ。だが、ガッキ煮というのは初めて聞くぞ。どのような料理なんだ」

「馬のすじ肉の煮込みです。奥羽のほうの郷土料理とのことで、私も初めて知りました」

味に覚えがあったことは、胸に秘めておく。冬花の答えに、国義は頷いた。

「なるほど。冬花さん、よいことを教えてくれた。女義太夫ならば、大名や旗本、藩士たちにも贔屓はいるだろう。まあ、大名が町家に一人で訪れるとは考え難いので、藩士だろうか。喜代の贔屓だった奥羽の藩士を探ってみれば、そのガツキ煮を食べた男は突き止められるな」

「はい。私もそのように思います」

国義と冬花の話を聞きながら、国光は仏頂面《ぶっちょうづら》で蜜柑を頰張る。冬花に色々質問してはいたものの、届けた料理のことまでは訊かなかったので、父親に一本取られたようで悔しいのだろう。

「がめ煮といえば筑前の料理だから、こちらも喜代を贔屓にしていた筑前の藩士を探ってみれば、何か摑めるかもしれん。江戸に詰めている藩士たちが故郷の料理を食べたくなる気持ちは、分かるからな」

「私も、分かるような気がします。故郷の味って、つまりは思い出の味ですものね。不意に懐かしくなるのでしょう」

冬花は淑やかに、国義の湯呑みにお茶を注ぎ足す。国義はそれを啜って、目を細めた。

「うむ。冬花さんが淹れてくれるお茶は、いつも旨い」

「そんな……お粗末様でございます」

頬をほんのり染める冬花を、国義は優しい眼差しで見つめる。その二人を眺め、国光はますます不貞腐《ふてくさ》れる。煎餅を摑み、音を立てて齧りながら、国光は言った。

「奥羽と筑前の藩士ですね。分かりました、探ってみますよ。残りは、鰻の柳川風と、軍鶏鍋を食べた者たちですか」

冬花は国義を眺めながら、考えを口にした。

「それらを好んで召し上がったのは、大店のご主人とか、ご隠居様ではないでしょうか。そのようなお料理をお好みになりますのは、私どものお店でも、ある程度のご年齢で、懐に余裕のある方が多いような気がいたします。食を楽しんでいらっしゃるので美味しいものをよくご存じで、躰のためにも精をつけるお料理をお好みになるのです」

国義は腕を組んだ。

「うむ。冬花さん、鋭いぞ。そうだ、その二人は大店の主人もしくはご隠居かもしれぬな。国光、喜代の贔屓たちの中で、そのような者たちを探ってみろ。それで四人が突き止められるかもしれん」

「はい、早速探ってみます」

冬花にまで一本取られ、国光は立つ瀬がないようだ。大きな躰を縮こまらせている。国義は息子を顎で指し、冬花に言った。

「冬花さんの勘働きのよいことよ。こ奴よりよほど頼りになるわい」

「そんな……。私はふと思いついただけです。国義様も鰻や軍鶏のお料理がお好きなので、同じご年齢ぐらいで、悠々とした暮らしをされている方なのではないか、と」

国義は照れ臭そうに笑った。

「そうか。わしを引き合いに思いついたという訳か。わしは大店の大旦那たちみたいに懐に余裕がある訳ではないがな。釣った魚を届けるような、時間の余裕はあるけれども」

「本当にありがとうございました。夕餉が楽しみでなりません」

冬花は再び、国義に丁寧に辞儀をする。国光が咳払いをした。

「それでですね。四人の来客がどのような者たちだったかおおよその見当はつきましたが、問題は五日目に訪れた者ですよね。その者が事件を起こしたと思われますが、もし先の四人のうちの誰かだとすれば、誰が怪しいんでしょうね」

するとと国義が憮然《ぶぜん》と答えた。

「それはその四人の者をしっかり突き止めれば、自《おの》ずと分かってくるだろう。それぐらい自分で考えろ。それともお前の頭では、考えることができないのか」

「……分かりました。自分で探り、突き止め、考えます」

膨れっ面になる国光の傍らで、冬花がおもむろに口を開いた。

「そういえば五日目にお届けした際、玄関に揃えてあった履物に見覚えがございました。やはり四人のうちの何方《どなた》かが再度ご訪問されていたのではないでしょうか。そして、これはあくまで私の勘なのですが……五日目に訪れて、鰤と大根の煮物を召し上がった方は、恐らく、鰻の柳川風を召し上がった方なのではないかと思うのです」

国義と国光は冬花を見つめた。国義が訊ねる。

「どうして、そう思うんだい」

「単純なことなのですが、やはりお魚がお好きな方だと思ったのです。それも、脂が乗ったお魚で、割と濃いめの味つけのものが。鰻を好んだ方が鰤も好むというのが、一番しっくりくるように思いました。でも、あくまで勘です。軍鶏鍋を好む方が、急に鰤を食べたくなることだってありますでしょうし」

肩を竦《すく》める冬花に、国義は微笑んだ。

「いやいや、そのような勘働きが事件を解決に導くことは往々にしてあるものだ。その勘働きが当たっているならば、五日目に再度訪れた者は藩士ではなく、大店の主人あるいはご隠居のほうが疑わしくなるな。冬花さんの意見、参考にさせてもらうよ」

「恐れ入ります……。生意気なことを申し上げて、いつもまことに申し訳ございません」

冬花は国義と国光に向かって、頭を下げた。

すると裏口がなにやら騒がしい。鮎太が相撲の稽古から帰ってきたのだ。大きな声が響いてきた。

「ごめんください」

どうやら相撲の稽古をつけてくれている耕次も一緒のようだ。冬花は国義と国光に一礼した。

「少しお待ちくださいませ。申し訳ございません」

冬花は腰を上げ、裏口へと回った。戸を開けると、鮎太と一緒に達雄と耕次が立っていた。耕次は冬花に頭を下げた。

「すみません。鮎太に怪我《けが》をさせてしまいました」

しかし鮎太はけろりとしている。冬花は目を瞬かせた。

「……元気なように見えますけれど」

冬花は屈んで、鮎太の裾《すそ》を捲《めく》る。膝小僧が擦り切れて、血が滲んでいた。

「あら、本当だわ。鮎太、痛くない？」

冬花は慌てるも、鮎太は微笑んでいる。鮎太の顔は土埃《つちぼこり》で真っ黒になっていた。

「別に痛くないよ。こっちも」

鮎太は手を開いて、冬花に見せる。掌《てのひら》が擦り切れ、血が滲んでいた。

「まあ、手当てしないと。お薬、塗ってあげるわ。耕次さん、ついてきてくださって、ありがとうございました。達雄ちゃんも」

達雄はバツが悪そうに、鼻の頭を掻いた。

「今日から取組の稽古だったんだけれど、おいらが鮎太ちゃんのこと投げ飛ばしちまったんだ。ごめんなさい」

「俺もついていながら、本当にすみません。これから気をつけますんで、鮎太には稽古を続けてほしいと思っています」

達雄と耕次に謝られ、冬花は微笑んだ。

「いいんですよ。大怪我でもしたら、それは驚きますけれど、小さな怪我ならばお稽古にはつきものって分かっておりますもの」

すると冬花の後ろから、国義の声が響いた。

「そのとおり。男の子は怪我してなんぼだからな。たくさん怪我をして、それを自分の力で治して、男は強くなっていくんだ。鮎太、相撲の稽古は続けろよ」

冬花が振り返ると、国義と国光が立っていた。鮎太は威勢のよい声で答えた。

「はい、やめません。来年はおいらも達雄ちゃんと一緒に、秋の相撲大会に出たいので。だから頑張ります」

「おっ、それは凄い。今から楽しみだ」

国義とともに、国光も目を瞠る。冬花は鮎太を抱き締めた。

「鮎太、よい目標ができたわね。耕次さん、達雄ちゃん、鮎太をよろしくお願いします。お稽古つけてあげてくださいね。達雄ちゃんも遠慮しないで、鮎太を鍛えてあげてね」

耕次と達雄は笑顔で答えた。

「はい、こちらこそこれからもよろしくお願いします」

「鮎太ちゃんと一緒に、おいらも頑張るね」

国義は鮎太の頭を撫でた。

「よく泣かなかったな。偉いぞ」

「これぐらいは大丈夫です。本当は……ちょっと痛かったけれど」

鮎太がつい本音を漏らす。梅の花が蕾《つぼみ》をつけ始めた梅乃の裏口に、笑い声が溢れた。板場から、又五郎が大根を煮る匂いが漂ってくる。もう夕焼けが広がっていた。


師走《しわす》に入ると、気忙しい中にも、あと一月で新年を迎えることができる喜びと緊張が、人々の心に芽生える。もう今年も終わり、もうすぐ来年。師走とは物悲しさと期待が入り交じる月だと、冬花は毎年思う。

しかし、人々が集《つど》うことが多くなる師走は梅乃の書き入れ時でもあるので、そう感傷に浸《ひた》ってもいられない。冬花は今日も張り切って、白い息を吐きながら、蔀戸を拭いていた。

するとと国光が訪れ、姉さん被りに襷がけの冬花を眩しそうに見た。

「元気そうで何よりだ。先日は力添え、かたじけない。あれから私も熱心に調べたところ、喜代の家を訪れた四人のうち二人の正体を摑むことができた。それで礼を言いに参ったという訳だ」

「それはよろしかったです。あ、どうぞ中へ」

「いつもすまぬな。忙しいところ突然現れて」

国光は頭を掻きつつも遠慮せず、梅乃の中に入った。

座敷に通されると、国光は冬花に報せた。

「岡っ引きたちを使って方々を探らせてみたところ、喜代はどうも長月《ながつき》の頃から色々な男たちを訪ね歩いていたことが分かったのだ。しかし彼らは喜代の贔屓筋ではなく、さほど面識がある訳でもなかったようだ」

「ご贔屓筋ではなかったのですか……」

冬花は首を傾げる。国光は頷いた。

「もちろん喜代の旦那でもないということだ。ではどうしてそれほど親しくない男たちを探して訪ねていたのか。その理由は、まだ摑めていない。喜代が訪ね歩いていた男の一人は、富沢町《とみざわちょう》の呉服問屋〈皐月屋《さつきや》〉の大旦那、久兵衛《きゅうべえ》。もう一人が、品川町《しながわちょう》の廻船問屋〈白田屋《しろたや》〉の大旦那、幸右衛門《こうえもん》。ともに大店の主人だ。そして喜代が失踪したと思われる先月二十六日、つまりは出前が続いた五日目には、二人とも午前《ひるまえ》からどこかへ出かけていたようだ。どちらかが、喜代のもとを訪れていたということはあり得る。冬花さんの勘働きには恐れ入る」

国光に頭を下げられ、冬花は顔の前で白い手を振った。

「そんな……。偶《たま》さか一致しただけですわ。それよりご贔屓筋でもないとしたら、本当に、いったいどのような間柄なのでしょう」

「うむ。二人に一応話を聞いてみた。二人とも喜代が訪ねてきたことは認めたが、喜代の家を訪問した覚えはないと言い張っている。どうして喜代が訪ねてきたのかを問い質してみたところ、皐月屋久兵衛は、衣装を安く作ってほしいと頼まれた、と答えた。白田屋幸右衛門は、長崎《ながさき》に安価な旅をしたいので船に乗せてほしいと頼まれた、と答えた。だが……やはり、なにやらおかしい。二人とも白を切っていると思われるが、二人が喜代の家を訪ねたという確かな証拠はまだ摑んでいない。そのあたりをよく探っているところだ。またお墨の話によると、お墨は別に具合が悪かった訳ではなかったらしい。お金を渡すから七日間ぐらい温泉にでもいってきて、と喜代に突然、言われたそうだ。つまりお墨のいないその隙に、男たちを家に上げていたのだろう」

冬花は黙って、国光の話を聞く。

「喜代には母親がいて、一緒に暮らしてはいなかったが、目と鼻の先に住んでいたようだ。その母親が半年ぐらい前に亡くなって、喜代は一時、酷く気落ちしていたという」

冬花は、喜代の母親が芸者だったことを思い出した。一度、喜代の口から聞いたことがある。

――私のお母さんは深川で芸者をしていたの。私なんかより、ずっと売れっ子だったのよ。

喜代はそう自慢げに言って、笑っていた。

国光は、ガッキ煮についても教えてくれた。

「あの料理は、奥羽の早乙女藩《さおとめ》ではよく食べられるそうだ。馬肉をガッキというのは、早乙女藩独特の呼び名らしい」

早乙女藩と聞いて、冬花は目を見開いた。また胸にもやもやとしたものが込み上げる。

――どうして私は、早乙女藩の郷土料理を食べたことがあったのでしょう。

……私もかつて、早乙女藩に関わりがあったのかしら。

冬花の頭がまた微かに痛み始める。黙ってしまった冬花の顔色を窺いながら、国光は立ち上がった。

「仕込みの途中で邪魔をして悪かったな。師走に入りますます忙しいと思うので、躰には気をつけてくれ。事件が落ち着いたら、また食べにくるのでな」

「恐れ入ります」

冬花は胸を押さえながら、国光を見送った。去っていく後ろ姿を眺めつつ、冬花は考えていた。

――早乙女藩と聞いてこれほど動揺するのならば、一度、国義様にご相談してみてもいいかもしれないわ。でも……どうかしら。

冬花は思い直す。

――藩の名前を聞くだけで、胸が苦しくなったり、頭が痛くなるなんて、どう考えてもおかしいわよね。普通ではないわ。もし国義様に話したら、変に思われてしまうかもしれない。どこかおかしな女だと、奇異な目で見られてしまうかもしれないわ。国義様はそのような方ではないと分かっているけれど……万が一に、そのように思われてしまったら、私は耐えられない。だって私は国義様を……。

寒空の下、冬花は唇を噛み締める。戸惑いつつ、国義に告げるのはもう少し先にしようと、冬花はぼんやりと思った。

次の日、手習い所から帰ってきた鮎太に、冬花はいつものように出前のあまりものを昼餉として出した。

「あっ、ワカサギの衣かけと、南瓜《かぼちゃ》の煮つけだ」

皿を眺め、鮎太は嬉々とする。

「両方、鮎太の好物だものね。お代わりまだあるから、たくさん食べなさい」

「はい。いっぱい食べないと大きくなれないもんね」

「そうよ。お相撲も強くなれないわ」

冬花は微笑み、板場へと戻る。鮎太は座敷に座って、勢いよく頬張った。小さなワカサギを丸ごとむしゃむしゃ食べる鮎太は、実に愛らしい。冬花は板場から時折顔を覗かせ、その様子を眺めていた。

お代わりをねだったのでそれを持っていくと、鮎太がぽつりと呟いた。

「この頃、昼餉に牛蒡が出てこないね」

「え、牛蒡？」

「何日か続いてたでしょ。牛蒡が入っている料理が。鰻のやつとか、馬肉のやつとか。おいらも牛蒡を洗ったから覚えているよ」

冬花は目を瞬かせた。

「ああ、そういえばよく牛蒡を使っていたわね。先月の終わり頃でしょう」

「そう。おいら、今は牛蒡を食べられるけれど、前は苦手で食べられなかっただろう。だからお料理にそういうものが入っていると、気づくんだ」

鮎太を見つめながら、冬花は思い出した。喜代に届けた出前の料理には、確かに、すべてに牛蒡が使われていた。鮎太は、昼餉にいつも出前のあまりものを食べているので、そのことに気づいたのだろう。

「鮎太、凄いわね。よく気づいたわ。賢いのね」

冬花は鮎太を抱き寄せ、頭を撫でる。鮎太はきょとんとしつつも、嬉しそうに目を細めた。


その夜、眠っている鮎太の傍らで、冬花は考えを纏めていた。

――喜代さんが家に招いていたのは、贔屓筋ではなく、それほど親しくもないような人たちだった。そのうちの二人は、どうやら大店の大旦那様のよう。喜代さんのお母様は半年前に亡くなられている。……とすると。

冬花は、思い当たった。

――もしや、喜代さんが出前を取ってもてなしていたのは、喜代さんの実のお父様かもしれない人たちだったのではないかしら。誰が自分の真のお父様であるかを、突き止めようとしていたのでは？　喜代さんのお母様は深川の売れっ子芸者でいらっしゃったのなら、お父様と思《おぼ》しき人が何人かいても不思議ではないわ。

そのことに気づいたのは、冬花自身が父親に対して強い執着《しゅうちゃく》があるからだろう。また冬花は、ガッキ煮を口にした時、どうしてか脳裏に、顔も覚えていないはずの父親の姿がぼんやりと浮かんだのだ。

冬花の中で父親への憧憬が強くなっていたところに、国光から近頃の喜代の言動を聞かされ、思い当たったのだった。

自分と似た、父親への思慕《しぼ》というものを、冬花は喜代から嗅ぎ取ったのだ。

――喜代さんに出前を届けた時、喜代さんはとても綺麗だったけれど、なんていうか……いつもの艶《つや》っぽさではなくて、無邪気な可愛らしさを感じたわ。あの表情は、ご贔屓筋や旦那衆たちへ見せるものではなくて、父親に見せるものでしょう。私には、分かるの。

冬花は胸に手を当てる。眠っている鮎太が身を動かしたので、冬花は搔巻をそっとかけ直した。

――牛蒡は、喜代さんの実のお父様が好きだったものか、あるいは嫌いだったものではないかしら。実のお父様かどうかを判断するのに、牛蒡を手懸かりにしていたのかもしれないわ。それで出前を取って、牛蒡を食べさせて、反応を見ていたのかも。そして、実のお父様を探り当てたのはよかったけれど、何か揉め事が起きてしまった。

冷える夜、冬花は半纏《はんてん》の前を合わせる。ガッキ煮を口にした時にぼんやりと浮かんだ父親の姿に、国義が重なる。冬花は心を揺らしながら、鮎太の寝顔を眺めていた。

三

よく晴れた空に、綿のような雲が浮かんでいる。冬花は出前を持って店を出た。まずは近所の乾物問屋へ弁当を届け、それから小網町《こあみちょう》の船宿へざる蕎麦を届けた。この辺りには船宿が多い。昨日届けた皿や椀を回収しながら歩くうちに冬花はふと気になり、堀江町の喜代の家を訪ねてみることにした。堀江町は小網町のすぐ隣だ。

山茶花《さざんか》が咲く道を歩いていき、右に折れたところに喜代の家はある。首を伸ばして様子を窺ってみると人の気配は感じられるので、お墨はいるのだろう。

――声をかけて、喜代さんのことを訊ねてみようかしら。でも、図々しいかしら。

冬花が頭を悩ませていると、蔀戸が音を立てた。誰かが出てくる気配を察し、冬花は慌てて玄関を離れようとしたが、背を向けたところで声をかけられた。

「おや、冬花さんではないか。出前を届けにきたのか」

恐る恐る振り返ると、国光が立っていた。お墨に話を聞きに訪れていたのだろう。国光の後ろにはお墨が立っていて、目を瞬かせて冬花を見ている。冬花はバツが悪い思いで、二人に会釈をした。

「申し訳ございません。喜代さんのことが気懸かりで、もう帰っていらっしゃるかしらと、様子を窺いにきてしまいました」

冬花が正直に言うと、国光は微笑んだ。

「そういうことであったか。人を心配する気持ちはよいと思うが、残念なことに喜代はまだ帰っておらぬ。いなくなって、今日でもう七日目だ」

「どちらへお出かけなのでしょう……」

冬花は目を伏せる。するとお墨が口を出した。

「あの、女将さん。せっかくいらしてくださったのですから、お茶でも飲んでいらっしゃいませんか。旦那も、もう一度お上がりになって、飲んでいらしてください」

冬花と国光は目を合わせる。喜代の家の小さな庭にも、白い山茶花が咲いていた。

喜代宅の居間で、出されたお茶を味わいながら、冬花は推測したことを語った。喜代は、自分の本当の父親を探り当てるために男たちを日々代わる代わるもてなしていたのではないかと。

国光は大きく息をついた。

「なるほどなあ。真の父親を突き止めるために、一人一人ここへ呼んで問い詰めていたという訳か。しかし、貴方《あなた》が私の本当のお父さんなのですね、などと訊かれたところで、正直に答えるものだろうか。ある程度の地位のある者ならば、白《しら》を切るだろう。出前を取ってもてなしてもらったところで、そう易々《やすやす》と正直に認めるとは思えぬ」

冬花はお茶を啜り、澄んだ声を出した。

「喜代さんが頼んでいらしたのは、恐らくは、本当のお父様を見分けるためのお料理だったのでないでしょうか」

国光とお墨は目を見開く。

「どういうことだ」

「はい。喜代さんがご注文されたお料理は、すべて牛蒡を使うものだったのです。喜代さんの本当のお父様は、たぶん、牛蒡が苦手だったのではないのでしょうか。好物のものであっても、牛蒡だけは口にできないといいますように。喜代さんはそのことをお母様からお聞きになって、ご存じだったのでは。それで、疑いのある者たちに牛蒡を使ったお料理を食べさせてみて、牛蒡を残す人を探ろうとしていたのではないでしょうか。その人が自分の真の父親であると考えて」

するとお墨が身を乗り出した。

「そういえば、私が戻った時、流しに金平牛蒡が捨ててあったんです。もしや、突き止められた真のお父さんが、食べられずに残したものだったのでしょうか」

冬花は目を瞬かせた。

「私が最後の五日目にお届けしましたのは、鰤と大根の煮物と、金平牛蒡でした」

国光は感嘆した。

「牛蒡か……。それはまた意外なところに目をつけたものだ。さすが料理を作っているだけあるな」

「こちらにお届けしたすべてのお料理に牛蒡が使われていたことに気づいたのは、鮎太なんですよ」

「なに、そうだったのか。子供の洞察力とは凄いものだ。あなどれんな」

その時、蔀戸が開く音がして、大きな声が響いた。

「ただいま！　お墨も戻ってるでしょ。遊びにいったつもりが、なんだか疲れちゃったわ。あれ、誰かお客さん？」

声の主は明らかに喜代である。三人は一斉に立ち上がり、廊下へと出た。

上がり框を踏んだ喜代と、目が合う。唖然《あぜん》とした顔の三人を見て、喜代も目を瞬かせた。

「お騒がせしまして申し訳ありませんでした」

喜代は三人の前で頭を下げ、サバサバとした様子で事の顚末《てんまつ》を話した。

事情はほぼ冬花が察したとおりで、国光は冬花の鋭さに目を丸くしたものだ。

喜代は自分の父親が誰かを知りたかった。そして、自分と亡母を棄《す》てたことを、父親に謝ってほしかったのだった。

喜代の母親は半年前に亡くなるまで、真の父親が誰かを、決して喜代に告げなかった。しかしある時、食事中にぽつりとこんなことを口にしたという。

——お前のお父さんは、牛蒡を決して食べられなかったんだよ。好きな料理の中に入っていても、必ずよけて残すんだ。おかしいね、これほど美味しいのに。

喜代は、元芸者だった母親が亡くなった後、自ら調べて、父親の疑いがある男たちを四人に絞って、そこから「牛蒡を食べられない者」を探り当てようとしたのだ。そのための、出前注文によるもてなしだった。

喜代はこうして牛蒡を残した男を突き止め、五日目に、その男を再び呼んでご馳走《ちそう》したのだという。その男はやはり金平牛蒡を食べられなかった。喜代は、その男が父親だと確信した。

喜代はその男にすべてを話し、棄てられた後に亡母がどれほど苦労をしたか、父親の顔を知らずに育った自分がどれほど辛かったかを訴え、謝ってほしいと迫ったのだった。

喜代はただ謝罪の言葉と、亡母の墓参りをしてもらうことを望んでいただけだったが、父親は昔のことを持ち出されて勘違いしたようだ。

――大店の主とみて私を強請るつもりか。

と逆上し、喜代を突き飛ばした。その勢いで喜代は簞笥《たんす》にぶつかり、打ちどころが悪くて腕を切ってしまった。幸《さいわ》い傷は浅くて済んだが、父親は正気に戻ると自分のしたことを恥じ入って逃げてしまい、喜代はこんな男が父親だったのかと失望した。

なんだか阿呆《あほ》らしくなってしまい、喜代は自ら手当てをした後、ふらりと家を出て、一人で亡母のお墓参りに行き、その後で気持ちを紛《まぎ》らわすために温泉で休養していたのだった。

「……という訳よ。ごめんなさいね、本当に。女将さんにまでご迷惑おかけしてしまって。町方のお役人様にまで。私、しょっ引かれてしまうかしら」

肩を竦める喜代を、国光は強い眼差しで見据えた。

「しょっ引きはせぬが、注意はするぞ。誰にも無断で数日の間家を空けるような時は、何か一筆残すぐらいのことはしろ！　使用人を持つ立場の者が、それぐらいの心配りができなくてどうするんだ」

「はい……仰るとおりです。これからは重々気をつけますので、何卒《なにとぞ》お許しくださいさい」

喜代は再び頭を深々と下げる。その姿を見ながら、冬花の心に熱いものが込み上げた。

「でも、本当によかったです。喜代さんがご無事でいらっしゃって」

喜代は顔を上げ、冬花に微笑んだ。

「女将さん、ありがとう。心配してくれたのね。届けてくれたお料理、どれもとっても美味しかったわ」

冬花も静かな笑みを浮かべて、頷く。国光がおもむろに口を挟んだ。

「それで、お前さんの本当の父親は、誰だったんだ」

喜代は躊躇った。

「正直に言ったら、私の父は捕まってしまいますか。私を傷つけたという咎《とが》で」

「うむ。……だが、大した傷ではなかったようだな。温泉にまで遊びにいっていたのだから。ならば、さほどの罪にはならぬだろう。それでも一応は、奉行所で話を聞くことにはなろうが。恐らくは、お叱りで済むだろう」

喜代は肩を落とし、息をついた。

「そうですか。少し安心しました。……でも、奉行所には連れていかれるのですね」

「仕方あるまい。娘のお前さんを傷つけた罰だ。……さあ、教えてくれ。ここまできては、こちらも引き下がれんのだ。騒がせた張本人の名を知らずにはな」

喜代はまだどこか躊躇っていたが、背筋を正し、凛《りん》とした声で答えた。

「富沢町の呉服問屋の大旦那、皐月屋久兵衛です」

国光が探り当てた者の一人に違いなかった。国光は喜代を真っすぐに見た。

「話してくれて礼を言う。ありがとう」

喜代は天井に目をやり、明るい声を響かせた。

「私もすべて話すことができて、さっぱりしました。……でも、なんだか私まで牛蒡が食べられなくなっちゃいそうだな。嫌なことを思い出してしまうから」

喜代は上を向いたまま、笑い飛ばす。

でも笑いながら、喜代の目に涙が光ったことを、冬花は見逃さなかった。

翌日、冬花は岡持ちを持って、喜代の家に向かった。荒布橋を渡り、山茶花の咲く道を進む。蔀戸を叩くと、お墨が顔を出した。

「あら、女将さん。昨日はどうも。……ごめんなさい。今日は、出前は頼んでおりませんが」

戸惑うお墨に、冬花は微笑んだ。

「いえ、本日は私からの差し入れをお届けに参りました。喜代さんに是非、召し上がっていただきたくて」

お墨は目を丸くした。

居間へ通され、冬花は喜代を待った。少し経って、喜代は浴衣《ゆかた》に半纏を羽織った姿で現れた。どうやら旅の疲れで、まだ寝ていたようだ。

「ごめんなさいね。こんな格好で」

喜代は舌を出し、冬花の前に腰を下ろした。

「こちらこそ勝手にお伺いしてしまって、申し訳ありません。喜代さんにどうしても召し上がっていただきたいものがございまして、持ってきてしまいました」

喜代は、岡持ちに目をやる。冬花は岡持ちを開け、料理を取り出した。小さな鍋と箸と匙が、喜代の前に置かれた。

「だんご汁でございます。中をご覧になってみてください」

喜代が蓋《ふた》を開けると、湯気が立った。野菜の旨みが溶け出た、味噌味の汁の匂いも、ふんわりと漂う。喜代は目を細めた。

「昨日の夜、呑み過ぎちゃってさ。なんだか喉が渇いていたのよ。……これなら飲めそう」

喜代は匙で汁を掬い、口に入れる。満足げな笑みを浮かべ、喜代は続けて汁を啜った。

「ああ、胃ノ腑に沁みるわあ。寝起きでも食べられちゃう」

喜代は唇を舐め、真っ白な団子に箸を伸ばす。饂飩粉を練って千切ったものだ。それを頬張り、眦を下げる。もっちりとした歯応えは、心まで和らげてくれるだろう。

「白いものって、どうして美味しいんだろうね。食べていると、幸せな気分になるのよね」

喜代は呟きながら、今度は人参に箸を伸ばす。軟《やわ》らかく煮た人参は、噛み締めるとその優しい甘みが口の中に広がる。喜代はうっとりしつつ、里芋、大根と味わっていく。いずれも軟らかく、呑み過ぎた次の日でも、胃ノ腑にすっと収まっていく。

匙でまた汁を掬って飲み、箸で摘まんだ一片を眺め、喜代は真顔になった。それは、ささがきにした牛蒡だった。喜代は冬花を見つめた。冬花は黙って笑みを浮かべている。喜代は再び牛蒡に目を移し、おもむろに口に入れた。噛み締め、喜代は天井を眺めて、相好を崩した。

「うん。美味しい」

冬花は優しい目で、喜代を見守る。喜代は汁一滴も残さず、鍋を空にした。

「ご馳走様。女将さんのお料理って、やっぱり最高だわ。起きたばかりなのに、ぺろりと平らげちゃった。あ、お代は後でお墨が渡すわね」

「お気遣いなく。私が勝手にお届けしたのですから。喜代さんに、牛蒡を嫌いにならないでいただきたくて」

喜代は黙って冬花を見る。冬花は岡持ちから、もう一つの料理を取り出した。

「牛蒡のふんわり揚げです。千切りにした牛蒡を、擂り下ろした山芋と合わせて揚げてみました。梅乃でも好評の一品です。でも、もうお腹がいっぱいかと存じますので、後で、お腹が空きました時にでも召し上がってください。ふんわりした食感をお楽しみになるならば、なるべく夕刻の頃までに、どうぞ」

冬花は喜代に微笑むと、腰を上げようとした。すると喜代が声を上げた。

「待って。私が食べ終えるまで、ここにいて」

冬花は姿勢を正して座り直す。喜代は牛蒡のふんわり揚げを指で摘まみ、頬張った。山芋でできた衣の蕩《とろ》けるような口当たりに、牛蒡の歯応えが相俟《あいま》って、噛むほどに旨みが広がる。味を引き立たせるのに、タレなどつけなくても、少し振ってある塩だけで充分だ。

ぺろりと一つ食べ、喜代はまた摘まむ。

「ああ、なんだかお酒がほしくなっちゃう。止まらないわね、これは」

喜代は結局、ふんわり揚げもすべて平らげてしまった。

「さすがにお腹いっぱいだわ。……こんなに美味しい牛蒡料理を食べさせられたら、嫌いになんてなれないわよね」

帯を緩める喜代を眺めながら、冬花は笑みを浮かべた。

「本当によかったです。牛蒡を嫌わないでくださって。牛蒡には滋養がありますから」

喜代は脚を崩して、後《おく》れ毛《げ》を直した。

「でもさ、女将さんっていい人よね。世の中には色んな人がいるって、つくづく思うわ。私の父親みたいな、どうしようもない男もいれば、女将さんみたいに親切な人もいるしね。……なんだか救われたわ。女将さん、本当にありがとね」

するとお墨がお茶を運んできて、すぐに下がった。冬花はそれを飲みながら、自分の考えを話した。

「喜代さんのお父様は、きっと、突然喜代さんが現れたので、戸惑ってしまったのではないでしょうか。私、喜代さんのお父様とお母様の間には、何か深い事情があったのではないかと思うのです。お母様は、お父様に対して、恨み言のようなことは仰っていなかったのでしょう？」

「ええ……確かに、そういうことは言わなかったわね」

「ならばやはり、何か訳があって、お母様はお父様の傍からお離れになったのではないでしょうか。もしや、ご自分から身をお引きになったのかもしれません。お腹に、喜代さんがいると分かっていながら」

喜代は無言で天井を見つめる。冬花は続けた。

「お父様は喜代さんのことを知らず、お母様がご自分のもとを去っていかれても、追いかけられぬ事情があったのではないでしょうか。棄てられたなどというのは喜代さんの思い込みで、お別れになる時、お父様もお辛かったのかもしれません。でも、お父様もお母様も、ご自身で決着をつけて、生きてこられた。そこへ喜代さんが美しく成長されて現れたら、やはり戸惑いますでしょう。気が動転し、お父様も冷静さを失ってしまったのではないでしょうか」

喜代は苦い笑みを浮かべた。

「それで私を突き飛ばしたという訳ね。……まあ、私も『謝って』などと、きつい口調で問い詰めたのは悪かったかもしれないわ。女将さんが言うように、もし、私のお母さんから去っていったのなら、尚更《なおさら》ね」

「お父様も、お別れの時、少なからず傷ついていたのかもしれません。その傷を胸に秘めて、お仕事に励んで生きてこられたのではないでしょうか。ところが喜代さんが現れ、治ったと思っていたその傷が再び痛み出してしまったのでは。そして冷静でいられなくなってしまったのではないかと、私は思うのです」

「私が、蒸し返してしまったってことよね。莫迦《ばか》なことをしたなって、自分でも分かっているの。……でも、どうしても知りたかったのよ。自分の父親を」

喜代の言葉に、冬花は自分の思いが重なる。冬花だって、自分の父親がどこの誰かを、知りたいのだ。知るのが怖いように思いながらも、本当は早く思い出したいのだ。

冬花は胸を押さえつつ、喜代へ告げた。

「喜代さんのお気持ち、分かります。だからこそ、せっかく見つけ出されたお父様を、憎んだりしないでいただきたいのです。牛蒡だけでなく、お父様のことも嫌いにならないで差し上げてください」

冬花に真剣な眼差しで見つめられ、喜代は目を伏せる。

「分かったわ。恨んだり憎んだりは、もうしないわ。……好きになることは、ないかもしれないけれど」

冬花と喜代の目が合う。二人はしょっぱいような笑みを浮かべた。

すると、お墨が襖《ふすま》越しに声をかけた。

「あの……。お客様がいらっしゃいましたが、お通ししてよろしいでしょうか」

「何方《どなた》かしら」

「皐月屋久兵衛様です」

喜代の顔色が変わる。冬花も姿勢を正した。喜代は立ち上がり、襖を開け、お墨に告げた。

「お通しして」

「かしこまりました」

喜代は落ち着かぬ様子で、久兵衛を待つ。冬花もまた然《しか》りだった。

お墨に案内されて、久兵衛が入ってきた。喜代は強張った顔つきで、父親を見つめる。お墨が下がると、久兵衛は畳に手をついて、喜代に謝った。

「酷いことをしてしまって、申し訳なかった。色々なことが思い出されて、血迷ってしまったようだ。……今日、奉行所で、厳しくお叱りを受けた。償《つぐな》いはさせてもらうつもりだ」

久兵衛は深々と頭を下げる。久兵衛は大柄で端整《たんせい》な顔立ちで、雰囲気や目元などがやはりどことなく喜代に似ていた。謝る父親を、喜代はじっと見つめる。久兵衛は続けた。

「今更何を言っても言い訳にしかならぬだろうから、多くのことは話さぬが、これだけは信じてほしい。私はお前の母さんのことを、好いていたんだ。だが、互いに色々な事情を抱えていて、添い遂げることはできなかった。……あの後、頭を冷やしながら、考えた。喜代、お前と一緒に暮らすことなどはできないが、今後、できる限りの力添えをさせてもらいたい。お前は、私の娘なのだからな」

久兵衛の真摯な言葉に、喜代の大きな目が潤む。久兵衛は懐から包みを取り出し、喜代の前に置いた。

「これは、怪我をさせてしまったお詫びだ。受け取ってほしい」

喜代は包みを見つめていたが、そっと押し返した。

「私、お金がほしかった訳ではありません。何度も言いますけれど。……ただ、本当のお父さんが誰なのか、知りたかっただけです。お気持ち、よく分かりました。私、怒ってなんかいませんから、もう謝らないでください。お金の力添えは、いりません」

久兵衛は強張った面持ちで、娘を見る。喜代はどうやら、かたくなになっているようだ。冬花は思わず口を出した。

「では……その代わりと言ってはなんですが、皐月屋様は、これから時折、喜代さんの舞台を観にいらっしゃるというのは如何でしょう。喜代さんは人気者でらっしゃいますし、舞台も評判でいらっしゃいますもの」

喜代と久兵衛は目を見交わす。冬花の案に、喜代は満更《まんざら》でもないようだった。

「私、これでも、芸には熱心なんです。拘《こだわ》りがあるんですよ」

「……お前の母さんもそうだったな。三味線《しゃみせん》も踊りも、人一倍、熱心だった。私は、あいつのそのようなところに惚《ほ》れていたんだ」

膝の上で拳を握り、久兵衛は強い口調で言った。

「必ず、観にいこう。娘の晴れ舞台をな。応援させてもらうぞ」

「……お父さんに舞台を観てもらえるなんて、なんだか、夢みたい。張り切っちゃうな。ますます芸を磨かなくてはね」

喜代は満面に笑みを浮かべながらも、指で目元を擦る。久兵衛も泣き笑いだ。

ようやく和解できそうな親子の傍らで、冬花も胸を熱くしていた。

四

数日経って、喜代が梅乃を訪れた。

「色々ご迷惑おかけしちゃって、申し訳ありませんでした」

喜代は謝り、冬花に手土産を渡した。

「お詫びのお酒。よかったら呑んでください」

下り諸白《もろはく》に、冬花は目を見開いた。

「このような高級なご酒《しゅ》をいただいてしまって、本当によろしいんですか」

「よろしいんですよ。どうぞお受け取りあそばせ……って、女将さんの話し方を聞いていると、なんか調子狂っちゃうのよねえ。まあ、そこが可愛いんだけれど」

喜代は冬花に無邪気に抱きつく。喜代からは梅の花のような、甘く馨《かぐわ》しい薫りが漂った。少々息苦しさを感じつつも、喜代が元気になってくれて冬花は嬉しい。喜代が身を離すと、冬花は微笑んだ。

「では、ありがたくいただきます。私も……結構、好きなほうですので」

「よかったわ、受け取ってもらえて。女将さん、ぐいぐい呑んでね。お淑やかなのもいいけどさ、女だって呑まなきゃやってられない時だってあるものね」

「本当に」

二人は微笑み合う。

店にはお客が数人いたが、魚河岸で働いている常連たちが好き勝手に呑み食いしているので、冬花は喜代を座敷に上げてもてなした。

「女将さんも、ま、ご一献」

「あら、ありがとうございます」

女二人で酒を酌み交わす。又五郎がお通しの小松菜と油揚げの煮びたしを持ってくると、喜代は注文した。

「ざる蕎麦と、この前女将さんが届けてくれた、牛蒡のふんわり揚げをお願いね。あれ、美味しかったもの。また食べたくなるわよ」

「かしこまりました。少々お待ちくださいい」

又五郎は一礼し、速やかに板場へ戻る。その後ろ姿に目をやりつつ、喜代は小松菜と油揚げの煮びたしを摘まんだ。

「これも出汁が利いていて、いいお味ね。梅乃ってやっぱりいいお店よね。お料理もお酒も美味しくて、落ち着いていて。女将さんも優しくて美人だしさ。お客さんが途絶えない訳よね」

「お褒めのお言葉ありがとうございます。恐れ多いですわ」

「またまた、ご丁寧なんだから！」

冬花を時折からかいながら、喜代は目を細めて酒を啜る。久兵衛は早速舞台を観にきてくれたそうで、喜代は上機嫌だ。又五郎はすぐに、ざる蕎麦と牛蒡のふんわり揚げを運んできた。喜代は姿勢を正して、唇を少し舐めた。

「おっ、待ってました。……あら、大きな掻き揚げまでついてる」

「こちらは、ささやかなおまけですわ。諸白のお礼です。私も好物なんで、少し味わわせていただきますわ。女将に独り占めはさせませんせん」

又五郎が澄まして言うと、喜代は笑った。

「そうよね。又五郎さんにも味わってもらわないとね。では掻き揚げ、ありがたくいただきます。……あっ、掻き揚げにも牛蒡が入ってる」

「牛蒡と人参を千切りにして、芝海老と併せて作っております。召し上がってみてください」

「うちの鮎太も大好物なんですよ、その掻き揚げ」

冬花の言葉に、喜代は目を細める。

「鮎太ちゃんって、もうこういうものを食べるんだ。人参食べるなんて偉いなあ。子供が育つのって早いねえ」

「本当に」

喜代は箸で大きな掻き揚げを切り、一口頬張る。眦を下げた喜代に、又五郎は笑顔で一礼した。

「どうぞごゆっくり」

そして板場へと戻っていく。冬花に注がれた酒を呑み干し、喜代は息をついた。

「堪らないわあ。これなら子供でも食べちゃうわよね。女将さんと又五郎さんの作ったお料理をいつも食べていたら、そりゃ好き嫌いのない子に育つわよ。やっぱり梅乃のお料理は最高だわあ」

喜代が大きな声を上げたので、騒いでいた魚河岸の男たちも振り返って合いの手を入れた。

「あたぼうよ、ここの料理は、俺たちのお墨付きだぜ」

「おう。魚にはちとうるせえ俺たちをも納得させる味よ」

すると男たちの一人が、喜代が評判の女義太夫と気づき、声を上擦らせた。

「姐《ねえ》さんの舞台、今度観にいきますぜ！」

「あら、ありがとう。待ってるわね」

喜代はしどけなく流し目を送り、手を振る。

「合点《がってん》承知、必ず行きやす！」

男たちは酒が廻った顔をますます赤らめ、手を振り返す。喜代と彼らの遣り取りを、冬花は笑みを浮かべて眺めていた。

喜代は向き直り、酒を一口啜ると、また料理を味わい始めた。

「蕎麦と天麩羅って合うわよねえ。私はご飯と食べるより、好きね」

「そういう方、結構いらっしゃいますよ。お酒がお好きな方は、特に」

「ああ、そうかもしれないわね。それに蕎麦のほうが、私はお腹が張らないの。私、舞台に立つ前にお腹がいっぱいになっているのが嫌でさ。それでいつも出前で頼むのは、蕎麦とか饂飩なのよ」

喜代は目を細めながら、蕎麦を手繰《たぐ》る。冬花は喜代に注がれた酒を啜り、気になっていることをさりげなく訊ねてみた。花街にも顔が広い喜代は、もしや知っているのではと思ったからだ。

「あの……花街に出没しては、お酒を無理やり呑ませて芸者さんたちを酔い潰して楽しんでいるお武家様がいるそうですね。そのお話、ご存じですか」

「ええ、もちろん。結構、噂になっているわよね」

喜代はやはり知っていた。

「実はね、私の知り合いの常磐津の女師匠が、そのお武家様に心当たりがあるみたい。女師匠が芸者時代からの仲らしいわ。よくお座敷に呼ばれていたみたいね。女師匠はお酒が滅法《めっぽう》強くて、いくら呑んでも酔わない蟒蛇《うわばみ》だから、そこを気に入られたようよ。紅文字っていうんだけれど」

冬花は目を丸くした。

「紅文字さん……ですか。もしや、役者の染十郎の毒殺未遂《みすい》事件の時に、楽屋にいらした」

「そうそう。女将さん、よく知っているじゃない。あの時、紅文字師匠、楽屋に遊びにいっていたのよね。でも、なにやらおかしいけれど」

喜代は食べる手を休め、首を傾げる。

「何がおかしいのでしょう」

「うん。あの時、紅文字は染十郎の贔屓の一人だったって、瓦版《かわらばん》にも少し書かれていたけれど……そんな話、初めて聞いたのよね。紅文字が染十郎にのぼせてたって、本当だったのかしら」

冬花は目を瞬かせた。

「といいますと、紅文字さんは染十郎さんを追い回していた訳ではない、と？」

「そう思うのよ。紅文字ってとにかくお金が一番で、役者に夢中になったり、貢いだりする気性ではまったくないのよね。だから、もしや、誰かに頼まれて贔屓のふりをして楽屋を訪れていたのではないかって、思ったりしてね」

「贔屓のふり……つまりは、やらせということですか」

「そういうことね。うん、やっぱり何かおかしいのよ。あの事件の後から、紅文字は妙に羽振りがいいみたい。やらせに力添えしたので謝礼をもらったとも考えられるでしょ」

「誰かに何かを頼まれたのでしょうか」

「誰なんだろうね。最も考えられるのは、染十郎本人かな。取り巻きの多い人気役者を演出するために、雇ったのかも」

「毒殺事件を演出するために、雇われたとも考えられますよね」

冬花と喜代は目を見交わした。

「仕組まれた事件だったということなのかしら。あの時に疑われたのって、確か口入屋の若内儀だったのよね。染十郎はもうぴんぴんしているみたいだし、なんだかよく分からない事件だったわね。毒殺されかけても奇跡の生還を果たした染十郎、なんてもてはやされて、舞台は連日大入りっていうから、まさに怪我《けが》の功名《みょう》だわ。結局、口入屋の若内儀さんだけが損したってことよね。まあ、証拠不十分で捕まらなかったのが不幸中の幸いってとこでしょうね」

喜代の話を聞きながら、冬花は首を捻った。

――あの事件は、やはり染十郎の狂言だったのかしら。毒を自らお茶に混ぜたのだとしたら……。

冬花は喜代に一応訊ねてみた。

「紅文字さんに心当たりがあるというお武家様のお名前はご存じですか」

「そこまでは知らないけれど。紅文字に訊いておくわ」

喜代は約束してくれた。

「でもさ、女将さんが紅文字を知っているって、意外だわ」

「実は、あの事件の時、楽屋にお弁当を届けたのが私だったんです。それでその後で町方のお役人様がここを訪ねていらっしゃって。あの時に楽屋に集まっていた人たちのことを、おおざっぱにですが教えていただいたのです」

「女将さんが出前を届けたんだ。了解、私も紅文字師匠からできるだけ詳しく聞き出してみるわ。……でもさ、色々たいへんだったんじゃない？　町方のお役人までやってきたなんて」

「ええ、まあ、仕方がありません。事件に関わってしまったのですから。……あ、先日喜代さんがお戻りになった時に鉢合わせしたお役人様が、その方だったのです」

「ああ、あのちょっと頼りなさそうなお役人ね。人は好さそうだけれど」

二人は微笑み合った。

それから三日後、喜代からまた出前の注文が入り、冬花が届けたところ、喜代は教えてくれた。

「紅文字に心当たりのあるお武家様は、阿星堅之助《あぼしけんのすけ》と名乗っているそうよ。漆野《うるしの》藩の勘定方《かんじょうがた》らしいけれど。奥羽にあるわよね」

喜代は藩士の名などを記した紙片を、冬花に渡してくれた。やはり奥羽絡みの者だったかと、冬花は目を瞠った。

「ありがとうございます。手懸かりにさせていただきます。こちらの紙片、お役人様に見せてもよろしいでしょうか」

「もちろんよ。事件の解明に役立ててね。でも、紅文字も適当に教えたのかもしれないし、本名も、藩の名前や役職も疑わしいけれどね」

喜代は苦笑いを浮かべるも、冬花は首を横に振った。

「偽名であっても構いません。喜代さんのお話、とても参考になりましたもの。お伺いしたお話も、お役人様にお話ししても……」

「もちろん構わないわ。私は紅文字師匠とそれほど懇意《こんい》な訳でもないしね。なんなら紅文字師匠をしょっ引いて、根掘り葉掘り聞き出してやってよ」

喜代の口ぶりに、冬花は思わず苦笑してしまう。

「お力添え、ありがとうございます。方々《ほうぼう》で悪さを繰り返す者は、たとえ藩士であろうと、許してはおけませんもの。何者かを突き止め、どうにか処罰してもらえますよう、進めていきたく思います」

「頑張ってね。私にも力添えできるようなことがあったら、また何でも言ってね」

喜代は冬花の肩に手を載せる。冬花は繰り返し礼を述べ、喜代宅を後にした。

本船町へと戻り、出前の皿や椀を回収しながら歩いていると、岡っ引きの弥助を連れた国光にばったりと会った。

「やあ、冬花さん。ご機嫌麗《うるわ》しい」

満面に笑みを浮かべる国光に冬花は一礼し、懐に挟んだ紙片を取り出して見せた。

「この方が本当に漆野藩の勘定方でいらっしゃるか、調べていただきたいのです。どうもこの方が、あちこちでお酒を呑ませて女人たちを酔い潰す悪事を働いているようなのです」

冬花が告げると、国光は目を見開いた。傍らで弥助も顔を強張らせる。

「どういうことなんだ。詳しく話を聞かせてくれないか」

「かしこまりました」

冬花は二人を店の中に入れ、座敷に上げて、喜代から聞いたことを話した。

「……そういう訳ですので、紅文字さんがお酒を無理やり吞ますお武家様の氏素《うじす》性《じょう》をご存じでも、そう易々《やすやす》とは本当のことを教えないと思います。恐らく漆野藩というのも偽《いつわ》りなのではないかと」

「うむ。偽りだろうな。冬花さんが言うように、紅文字も正直なことは告げぬだろう。その者は、紅文字の旦那という訳ではないのか？」

「どのようなお知り合いかは、私もよく分かりませんが、紅文字さんが芸者だった頃からの仲とのことです。一つ言えますのは……この事件に関わっているお武家様は、なにやらずいぶん羽振りがよいみたいですね。お金の力に物を言わせて、口封じをしたり、力添えさせたり、あちこち遊び歩いたり。とすると、藩でも出世されている方なのでしょうか」

国光は冬花に約束した。

「とにかく、この阿星堅之助という藩士が実在するか否か、調べてみよう。漆野藩はもとより、奥羽のほうの藩を色々調べてみる。分かったらすぐに報せにくるので、待っていてくれ」

「ありがとうございます。よろしくお願いいたします」

冬花は丁寧に頭を下げる。国光も慌てて頭を下げた。

「礼を言うのはこちらのほうだ。冬花さん、力添え、いつもかたじけない。これからもよろしくお願いする」

冬花は顔を上げ、微笑んだ。

「こちらこそよろしくお願いいたします」

国光は冬花を眺めながら、照れたように頭を掻く。国光はやる気を燃え立たせ、弥助とともに去っていった。

翌日、国光は再び梅乃を訪れ、報せてくれた。やはり阿星堅之助という者は、漆野藩に実在せず、偽名と思われた。

「諦めずに、悪党の正体を摑んでみせよう」

国光は真剣な面持ちで、冬花に告げた。松島町に住む紅文字は、岡っ引きの弥助が見張ることとなった。

その夜、店を終った後、冬花は一人で板場に立ち、新しい料理を作っていた。お葉へのお礼にするためだ。今日、手習い所の帰りに、お葉が野菊を摘んで持ってきてくれたのだ。

――お部屋に飾ってください。

そう言ってお葉は冬花に野菊を渡した。白、紫、黄色の野菊は、子供たちを表しているようで、冬花は目を細めた。冬の野に咲く小さな花は、あどけなくも、けなげだ。

――こんなに可愛いお花をどうもありがとう。大切に飾らせてもらうわね。

冬花は礼を述べ、お葉の小さな頭を撫でた。お葉から贈られた野菊は、冬花の心を癒してくれた。そのお礼を明日渡そうと思ったのだが、なにぶん初めて作る料理なので、試しているという訳だ。

薄雪煎餅という菓子がある。饂飩粉と卵を混ぜて焼き、白砂糖をかけた煎餅だ。冬花はその薄雪煎餅を大きめに作って重ね合わせ、その間に柚子の砂糖煮を挟もうと思ったのだ。

――成功すれば、美味しいお菓子になるに違いないわ。お母さん焼きの、また別の形ね。薄雪柚子合わせ、と名づけようかしら。

お葉の喜ぶ顔が見たくて、冬花は柚子を切って種を取り除き、皮を細かく刻んでいく。それをお湯に入れてさっと煮て、お湯を捨てて、砂糖を加えてじっくりと煮る。砂糖は高価なのであまり使えないが、蜂蜜《はちみつ》はたっぷり使う。柚子の搾り汁と蜂蜜を加えてさらに煮詰めながら、冬花は不意に呟いた。

「苦い蜜は料理に使えず」

甘やかな匂いが漂う、静かな板場に、冬花の澄んだ声が響いた。

苦い蜜は料理に使えず。冬花はこの言葉を、どこかで聞いたことがあった。料理をする時、たまにこの言葉を思い出すのだ。そして、この言葉にはまだ続きがあると、朧《おぼろげ》気ながら覚えている。だが、どうしても思い出せずにいた。

お島が元気だった頃、冬花は料理の稽古をしながら、不意にこの言葉を思い出し、呟いてしまったことがあった。するとお島に笑われた。

――何を言ってるんだい。苦い蜜なんて料理に使えなくて当然じゃないか。第一、苦い蜜なんてあるもんか。あるとしたら腐ってるってことだ。

お島の言葉を思い出し、冬花は苦笑した。

――そうよね。蜜が苦いって、腐っているということよね。でも……不思議だわ。どこでこんな言葉を聞いたのでしょう。やはり、記憶を喪っている頃のことなのかしら。

柚子を煮る湯気に額を撫でられ、冬花の頭がまた微かに痛む。冬花は手の甲で、そっと額を押さえた。

その時、お葉の野菊のような愛らしい笑顔が浮かんだ。鮎太と達雄のそれも。すると冬花の心は落ち着いた。水を飲んで少し休むと、冬花は再び、新しい菓子作りに熱心に取り組み始めた。

第四章　胸騒ぎのお届け

一

　師走も五日を過ぎると、年の市があちこちで立つようになる。年の納めの市では、門松《かどまつ》、注連《しめ》飾り、盆栽、三方《さんぼう》、神棚、若水桶《わかみずおけ》、破魔矢《はまや》といった正月を迎えるための品々が売られた。

　日毎《ひごと》寒さが増し、年が暮れていくことがひしひしと感じられる。そのような折、店を終《しま》った後で、又五郎が冬花に紙片を見せた。

「さっき、ご浪人さんが出前の注文をしていったんです。明日の午過《ひるす》ぎに届けてほしいとのことですわ」

　冬花はじっくりと眺め、首を傾げた。

「なにやらずいぶん豪勢ね。量も多いわ。全部手に入るかしら」

「どうにか仕入れてみますわ。しかし鯛《たい》の煮つけに、伊勢海老《いせえび》の味噌《みそ》焼き、鮟鱇《あんこう》の衣かけ、握《にぎ》り鮨《ずし》三十貫、わらび餅《もち》とは、忘年会でもするんでしょうか」

「何かのお祝いかもしれないわね。赤ちゃんがお生まれになったとか。……でも、少しおかしいわね。ちゃんとお代を払っていただけるかしら」

「ああ、お代は置いていかれましたんで、その点は安心ですわ。握り鮨のタネもお任せとのことです」

「そう。それならば、いいわ。張り切ってお作りして、お届けしましょう」

届け先も記されていた。瀬戸物町《せとものちょう》の貝殻《かいがら》長屋、須田勘一郎《すだかんいちろう》宅。初めて届ける家だった。

「ご浪人さん、瓦版を見て、うちのことを知ったそうです。ほら、役者の事件が起きた時、梅乃は無実だったということをはっきり書いてくれた瓦版がありましたでしょう。おまけに料理まで褒めてくれて。それで、それほど評判がよいならばと、うちの料理を一度食べてみたいと思っていたそうです」

「そういう訳ね。あの記事のおかげで、確かにお客様が増えたものね。ありがたいことだわ」

冬花と又五郎は微笑み合った。

翌日、又五郎は早朝から素材を仕入れてきたので、須田に注文された料理をすべて用意することができた。それを岡持ち二つに分けて入れ、冬花が両手で持って出ようとすると、又五郎が声をかけた。

「私も一つ持っていきますよ。女将一人ではたいへんでしょう」

冬花は笑って答えた。

「私は結構力があるから大丈夫よ。いつまた別の注文がくるか分からないから、又五郎さんはここにいてください」

「そうですか。本当に大丈夫ですかな」

又五郎は心配そうな顔で、冬花を外まで見送る。

「握り鮨が崩れないよう、気をつけて運ぶわ。じゃあ、いって参ります」

冬花は岡持ちを両手に持ち、通りを歩いていった。

米河岸を真っすぐ行き、大きな道を折れれば、瀬戸物町だ。さほど離れてはいないが、今日届ける料理はさすがに少し重くて、冬花は微かに息を荒くした。

――又五郎さんが心配してくれたように、ちょっとたいへんだったかも。でも、おかげで寒さを感じなくて済むわ。

前向きに考えながら、貝殻長屋に辿《たど》り着いた。どぶ川沿いの、うらぶれた雰囲気の漂う裏長屋だ。

冬花は壊れた木戸を通り、井戸端で洗濯をしているおかみさんに声をかけた。

「あの、須田勘一郎様のお宅はどちらですか」

「あっち」

顔がやけに黒く、継ぎ当てのある小袖を纏《まと》ったおかみさんは、須田の住処《すみか》を顎《あご》で指した。

「ありがとうございます」

冬花はおかみさんに礼を述べ、須田の住処へ向かい、腰高障子《こしだかしょうじ》を叩いた。腰高障子には、いくつもの破れ穴がある。

須田はすぐに顔を出した。

「本船町の梅乃でございます。この度はご注文、まことにありがとうございました。お届けに参りました」

冬花が丁寧に挨拶すると、須田は満面に笑みを浮かべた。

「お待ちしていた。ご足労おかけしてかたじけない。さ、中へ」

「失礼いたします」

冬花は岡持ちを手に、土間へと入る。すると須田は腰高障子を速やかに閉めた。冬花が振り返ると、須田は苦い笑みを浮かべた。

「出前を取ったりすると、ここの長屋の者たちは色々うるさいのでな。かたじけない」

「さようですか。どうぞお気になさらず」

冬花は笑顔で答え、岡持ちを土間に置いた。薄暗い土間には、冷えた空気が漂っている。中にいた須田の妻と幼い息子にも、冬花は会釈《えしやく》をした。

「お料理をお持ちしました」

「楽しみにしておりました。ありがとうございます」

須田の妻は、恭《うやうや》しく頭を下げる。その隣で息子も丁寧《ていねい》に辞儀をした。二人とも、にこにことして嬉しそうだ。だが、新しく子供が生まれたような気配はない。冬花は上がり框《がまち》を指して、須田に訊《たず》ねた。

「あの、お料理はこの辺りに置かせていただいてよろしいでしょうか」

「もちろん。急に色々頼んだりして、本当にかたじけなかった」

「いえ、ご注文、嬉しかったです」

冬花は料理を上がり框に並べていく。須田と妻、息子は、料理を眺めて相好《そうごう》を崩す。三人とも実に嬉しそうだ。鮎太より少し年上に見える息子が、弾んだ声を出した。

「父上、母上、美味しそうですね」

「本当に。勘助《かんすけ》、食べ過ぎてお腹を壊さないようにね」

「いやいや今日は気にせず、皆で鱈腹《たらふく》食べよう」

親子は笑い声を上げる。並べ終えると、冬花はもう一度丁寧に礼をした。

「お勘定はもういただいておりますので、これで失礼いたします。ご注文まことにありがとうございました。またよろしくお願いいたします」

「また是非《ぜひ》」

三人は笑顔で声を揃える。冬花は空《から》になった岡持ちを両の手で持ち、須田の住処を後にした。

長屋の壊れた木戸を出る時、近くを流れるどぶ川の匂いが、北風に乗って漂ってきた。目に沁《し》みるようで、冬花は何度も瞬《まばた》きする。須田の家族の妙な明るさが、冬花は気懸《きが》かりだった。

店に戻ると、又五郎が訊ねてきた。

「どうでしたか。ご浪人さん、何かのお祝いでしたか」

冬花は岡持ちを板場に置き、冷えた手に息を吹きかけながら、首を傾《かし》げた。

「何やら楽しそうだったけれど……その訳を訊けなかったの。どうしてかしらね」

「子供が生まれてもいなかったたですか」

「ええ。奥様と七つぐらいの息子さんがいらっしゃったけれど。ご家族、三人」

冬花は思い出す。須田の唇はひび割れて、血が滲《にじ》んでいた。妻の手もあかぎれだらけで、髪はほつれていた。息子も、洟《はな》を拭《ふ》いているからだろう、小袖の袂《たもと》に妙な光沢《こうたく》があって変色していた。

冬花は胸騒ぎを覚えつつも、鮎太が帰ってきたので昼餉《ひるげ》を食べさせ、その後は夜に向けての仕込みに取りかかる。

忙しくも、冬花は気懸かりで仕方がない。八つを告げる時の鐘が聞こえてきた時、冬花は不意に又五郎に告げた。

「私、ちょっと様子を見てきます」

「え、様子って？」

きょとんとする又五郎を尻目に、冬花は姉《あね》さん被《かぶ》りにした手ぬぐいと襷《たすき》を取り、引き裂き箸《ばし》（割り箸）を三本摑《つか》んで、慌《あわ》てて店を飛び出した。

通りを小走りにいく冬花に、お葉の母親のお妻が声をかけた。

「あら、お急ぎね」

「すみません」

冬花は会釈だけして、足を止めずに瀬戸物町へと向かう。息を白くし、米河岸を突き進む。天気のよい日なので人通りも多く、知っている顔の者たちとも擦《す》れ違うが、冬花は決して足を止めなかった。

息を切らして貝殻長屋へ辿り着くと、冬花は須田の住処の腰高障子を叩いた。

「すみません。先ほど出前をお届けしました梅乃ですが。引き裂き箸をおつけするのを忘れてしまいましたので、お届けに参りました」

引き裂き箸云々《うんぬん》というのは、ここを再び訪れるための口実だった。実際は先ほど、ちゃんと箸も届けていたのだ。

冬花が声を上げても、何の返事もない。胸騒ぎはいっそう激しくなり、冬花は腰高障子を開けようとした。しかし心張り棒をかませているようで、開かない。

——お留守なのかしら。……ううん、絶対に、中にいるはずよ。

冬花は直感し、腰高障子を何度も叩いたが、一向に返事はない。先ほどはいくつもあった破れ穴は、いつの間にか塞《ふさ》がれてしまっていた。それゆえ覗《のぞ》くこともできない。腰高障子をいくら引いても動かない。そこで冬花は意を決し、体当たりをした。思い切り二度三度とすると、腰高障子は外れ、冬花はつんのめって、障子とともに土間に倒れた。

「痛い……」

腰に手を当てながら顔を上げ、冬花は息を呑んだ。眠っている妻と息子を、須田が刀で斬りつけようとしていたからだ。振り返った須田と目が合い、冬花は叫び声を上げた。

すると騒々しさに気づいたおかみさんたちが、家から出てきた。須田は諦《あきら》めたかのように、刀を放り投げる。冬花は肩で息をしながら立ち上がり、覗き込もうとしているおかみさんたちに言った。

「お騒がせしてすみません。大したことではありませんので、ご心配なく」

おかみさんたちは怪訝《けげん》そうな顔をするも、冬花が丁寧に一礼すると、おとなしく帰っていった。冬花は外してしまった腰高障子をどうにか嵌《は》め直し、上がり框を踏んだ。

須田は蹲《うずくま》り、嗚咽《おえつ》している。妻子が目を覚ますところを見ると、眠り薬でも飲まされていたのだろう。冬花は黙って見守った。

冬花は薄々気づいていたのだ。冬花が届けた先ほどの豪勢な料理を、三人がこの世の最後の食事にしようとしていたということに。

既《すんで》のところで一家心中を止められたのはよかったが、やはり気疲れしたのだろう、急に立ち眩《くら》みを覚えて、冬花まで蹲ってしまった。

薄暗い部屋の中、須田とともに暫《しば》し茫然《ぼうぜん》とする。須田は正気に戻ると、冬花に土下座で謝った。そして涙ながらに、心中しようとした訳を語った。

どうやら須田は仕官の話を餌に、某藩の藩士にいいように扱われた挙句《あげく》、二十両を奪われ、おまけに仕官の話をなかったことにされたという。

その藩士は、仕官の支度《したく》金という口実で、須田に二十両を要求した。二十両など手元にないと言うと、金貸しから借金をしてでも持ってこいと脅《おど》されたそうだ。浪人者の弱みに付け込んだ悪質な騙《かた》りに、冬花は胸を痛めた。

須田は項垂《うなだ》れた。

「仕官のため、妻子のためと割り切って、必死の思いで金を用意したが、仕官の話など有耶無耶《うやむや》にされてしまった。結局、騙《だま》されたということだ。そう気づいたら……虚《むな》しさが溢《あふ》れてきたのだ。こんな己など、生きていても仕方がないと」

須田は唇を嚙《か》み締める。冬花はおずおずと訊ねた。

「あの……そのような酷《ひど》いことをするのは、どこの藩の方なのでしょう」

腕で涙を拭いながら、須田は答えた。

「早乙女藩の用人、蜂田《はちだ》という者だ」

冬花の顔が強張《こわば》った。冬花は声を掠《かす》れさせつつ、意見した。

「奉行所に訴え出てみればよろしいのではないでしょうか」

「それも考えたが……浪人者の私の話など、ちゃんと聞いてくれるかどうか。それに相手は藩士だ。いかに酷いことをしていても、町奉行では手が出せないのではなかろうか」

須田は弱気のようで、その気持ちも冬花は分かるのだった。

須田によると、その大名家には色事好きの姫君がいて、その母親、つまりは奥方様も色事好きなのだという。どうやら血筋のようであると。殿様はすっかり呆れ果て、もはや奥方様のことなど相手にしておらず、側室たちと遊び惚《ほう》けているという。その殿様は今は国元にいるらしく、それゆえ江戸藩邸はいっそう荒れているようだ。

須田は苦渋《くじゅう》の面持《おもも》ちで語った。

「その奥方様も、かつては家臣たちに色目を使っては、誘っていたらしい。そして家臣が言うことを聞かないと、残虐《ざんぎゃく》な気性を沸き立たせて酷い目に遭《あ》わせていたそうだ」

冬花はその話を聞きながら、また頭が痛くなり始めた。頭の中でこんがらがっていた糸が少しずつ解けていくようなのだが、やけに軋《きし》むのだ。

無言になってしまった冬花に、浪人者は続けて喋《しゃべ》った。

「殺されかけた役者がいたではないか。あの役者も姫君のお気に入りの一人で、弄《もてあそ》ばれているようだ。まあ、ああいう男は、小遣いをもらって平気で割り切って付き合っているのだろうが」

姫君と染十郎のことを知っていた須田は、毒殺未遂の事件の行方が気懸かりで、瓦版に時折目を通していたという。そして梅乃の評判を知った。瓦版で褒められていた料理を鱈腹《たらふく》味わってから、逝《い》こうと思ったのだろう。

冬花は掠れる声で訊《たず》ねた。

「いったい仕官のお話はどこからあったのですか。早乙女藩の蜂田様から直接、ですか」

「口入屋からだ。口入屋に仕事を頼みにいったら、大名家から仕官の話があると持ちかけられた。それで飛びついてしまったという訳だ」

「何という口入屋ですか」

「長谷川町の江原屋だ」

冬花は息を呑んだ。

冬花は気持ちを抑えつつ、須田に告げた。

「知り合いの町方のお役人様に相談してみますので、決して早まらないでくださ い。恐らく、ほかにも犠牲《ぎせい》になっているご浪人がいらっしゃると思います。悪事が明るみになりましたら、お目付役の方に上申できますでしょうから、それまでご辛抱《しんぼう》ください。金策はたいへんかもしれませんが」

須田は弱々しい笑みを浮かべた。

「金子《きんす》がないと言いながら、豪華な料理の出前を取るなど、愚かなことをしておる。この有様だから騙されるのだな」

「今の時代、たいへんな思いをされている方は、須田様だけではなく、たくさんいらっしゃるでしょう。それでも皆様、歯を食いしばって頑張っていらっしゃるのだと存じます」

須田は冬花を見て、溜息をつく。冬花は首を少し傾げた。

「かたじけない。其方《そなた》には、そのような者たちの気持ちは分からぬように思えてな。仕事も好調のように見えるのだ。……そんなふうに考えるのは、己の心が捻《ひね》くれているからだと、分かっているが」

「もしそのように見えるとしても、一寸先は闇だということは、誰も皆、同じですよ。うちの店だって、いつ傾くか分かりません。私は先代の女将にとてもお世話になりましたので、先代から続くお店を守るため、ひたすら努めております。毎日、精一杯働いているのですよ、私も、板前も。皆様に美味しいものを召し上がっていただきたいという、一心で」

須田は冬花を見つめ続ける。冬花は須田に、優しく微笑んだ。

「うちの通りにあるお店の人たちも、皆様、同じでしょう。様々な思いを秘めながら、笑顔で頑張っていらっしゃいます。私たち町人は、そういうものなのです」

「……そうなのか」

「お探しになれば、お仕事は色々あると存じます。どうしても仕官なさりたいのですか」

須田は黙ったまま、答えない。俯《うつむ》く須田を、今度は冬花が見つめる。須田は低い声を出した。

「つまりは、正直者は莫迦《ばか》を見る、損をするってことなのだろう。俺が浪人になった経緯《けいい》だって、そうだ。陥《おとしい》れられて、国元を逃げるしかなくなってしまったのだ。……どうしてこうも、損な人生なのだろう」

唇を嚙み締める須田に、冬花は静かに答えた。

「何を損と見るか、得と見るかということなのではないでしょうか」

須田は伏せていた顔を上げ、冬花を見る。冬花は続けた。

「人を騙ってまで得たお金で贅沢をすることが、果たして本当に得なのでしょうか。人を陥れてまで得た地位に胡坐《あぐら》をかき、威張り、好き放題することの、いったい何が得なのでしょうか。そのようなことをして、いったい何が楽しいのかと、私は思います。私は、お金にも地位にも無縁の、正直だけが取り柄《とえ》のような町人ですが、それでも損しているなどとは、ちっとも思っておりませんよ。周りの者たちに恵まれ、毎日、とても心豊かに過ごしております。……ほかの方から御覧になれば、私などちっぽけな人間の一人にすぎないでしょうし、もしかしたら損な人生のように見えるかもしれません。でも、私自身は得をさせていただいているると思っているのです。一介の町人である私は、毎日ご飯を食べることができるだけでも、幸せに思うのですから」

須田は冬花からふと目を逸らし、項垂れる。冬花は須田に微笑みかけた。

「須田様だって、お優しいご家族に恵まれていらっしゃるではありませんか。私から拝見しましたら、損していらっしゃるなどと思えません。決して」

俯いたまま須田は暫《しばら》く無言だったが、おもむろに口を開いた。

「家族のためにも、金策を必死でしなければならない。其方が言うように、探せば仕事はあるのだ。……武士の世界に未練を持ち、矜持《きょうじ》を捨てられなかった己が莫迦だったのだ。これから毎日、日雇いで躰を動かして懸命に働くつもりだ。少しずつでも借金を返していこうと思う」

須田の言葉に、冬花は大きく頷いた。

「ご家族のために働かれる須田様は、ご立派と存じます。不正を犯して仕官なさる方などよりも、ずっと」

須田は苦い笑みを浮かべた。

「金で片をつけようとしたから、罰《ばち》が当たったのだな。なにやら目が覚めたような気がする」

冬花は申し出た。

「そのようなご事情でしたら、いただいたお代金をお返しいたします」

すると須田は首を大きく横に振った。

「それはやめてくれ。一度支払ったものを返してもらうなど、借金以上の恥だ。どうぞお納めくだされ。料理、いずれも本当に旨かった。この世の最後に、最高のものを食って、悔いなくあの世へ逝《い》けると思ったが……どうやら、生き延びてしまったようだ」

苦笑する須田に、冬花は目を潤ませた。

「よろしかったです。でも、もし、本当にお困りの時は、私にご連絡くださいね。お役人様にご相談してみますので」

「重ね重ね、かたじけない。一度死んで、生まれ変わったつもりで頑張っていこうと思う。私たちを助けてくれた其方に、感謝しながらな」

須田は冬花に向かって、深々と頭を下げた。その横で、妻と息子が微かに躰を動かした。そろそろ目覚める頃のようだ。

静かな落ち着きを取り戻した須田を眺めながら、冬花からも胸騒ぎは消えていた。

――もう大丈夫のようね。

冬花は丁寧に礼をし、須田の住処を後にした。

帰り道、冬花は歩を進めつつ、推測していった。

――須田さんのお話によると、あの染十郎という役者は早乙女藩と繋がっているようだわ。そしてどうやら江原屋も藩と繋がっていそうね。染十郎が殺《あや》められそうになって、江原屋の若内儀が疑われ、その衝撃で病んでしまった。どうやらそれは狂言だったようだから、若内儀の渚沙さんは、やはり嵌《は》められたと考えられるわ。でも、早乙女藩と江原屋は組んで、ご浪人を騙るようなことをしているのよね。つまりは仲間であるのに……いったいどういうことなのかしら。

二

数日後、丸みを帯びてきた月が空に浮かぶ夜、国義が梅乃を訪れた。冬花は酌《しゃく》をしながら、早乙女藩と江原屋についてなど、知り得たことを話してみた。

国義は黙って冬花の話を聞き、腕を組んだ。

「江原屋の実権を握っているのは沙和であるから、沙和が蜂田と組んでしたことなのだろうか。とすれば、娘のことを煙たく思っていて、追い出そうとしていたということか」

　冬花は眉根を寄せた。

「でも、実の娘さんに、そこまでするでしょうか。もし渚沙さんに店を少し離れていてほしいのなら、直接言い聞かせればよい話でしょうし。それに沙和さんは、渚沙さんについてあれこれ書いた瓦版屋に怒鳴り込んだといいますから、娘さん思いでいらっしゃると存じます。……沙和さんに隠れて、笙次郎さんが蜂田と深く繋がり、結託して渚沙さんを陥れようとしたというならば、まだ分かりますが」

「うむ。やはり、その線だろうか。婿養子の笙次郎は、確かに内儀の渚沙を煙たくは思っていただろう。渚沙は笙次郎と夫婦《めおと》になってからも、好き放題に遊び回っていたというからな。だが、渚沙を陥れようとしても、下手なことをして沙和に気づかれたら、そこまでだ。笙次郎は直ちに追い出されるだろう。笙次郎自身、それを重々分かっていると思うのだが」

「では、江原屋の大番頭が怪しいでしょうか。大番頭が早乙女藩の蜂田という者と組んで、悪事を働いているのでは」

「うむ。その線もあるかもしれんな。もしくは、笙次郎と大番頭が組んで、巧みに沙和の目を胡麻化《ごまか》しているかだ。もしや、笙次郎にはほかに女がいるのかもしれぬ。婿養子で肩身が狭いうえに、内儀に好き勝手に振る舞われて、笙次郎は内心鬱々《うつうつ》としていただろう。その笙次郎が、密かに内儀以外の女と通じ合い、どこぞに囲っていたとしてもおかしくはない。渚沙を追い出し、ゆくゆくはその女を家に入れるつもりなのかもしれぬな」

冬花は目を瞬かせた。

「でも、そのようなことをしたら、大内儀の沙和さんが黙っているはずはありませんよね」

「うむ。黙っておかぬだろう。それゆえ、もし笙次郎が本当に謀《たばか》っているとすれば、いずれは沙和を亡き者にするだろうな」

冬花は息を呑む。国義は酒を口にし、顔を少し顰《しか》めた。

「笙次郎の女関係について探ってみるよう、倅《せがれ》に言っておく。江原屋の大番頭についてもな。不審な点が見られぬかどうか。……早くせねば、大内儀の身が危ぶまれる」

「お願いいたします」

冬花は恭《うやうや》しく頭を下げる。国義は告げた。

「早乙女藩と用人の蜂田についても調べてみるよう倅に言っておくが、こちらはわしも少し探ってみよう。何か摑めるかもしれん」

長年同心を務めた国義には、多くの伝手《つて》があるようで、どのような訳か目付衆たちにも顔が利くということを、冬花は知っていた。

「是非、よろしくお願いいたします」

国義がいっそう頼もしく思われ、冬花の顔がほころぶ。国義は腕を組んだ。

「ところで、早乙女藩も奥羽にあるな。どうも、奥羽に繋がっていくようだ。女を酔い潰して悪さをしている藩士も然《しか》り。探ってはいるが、なかなか正体が摑めぬ。その者と親しくしていたという常磐津の師匠に、倅が見張りをつけているので、そのうち分かるとは思うがな」

「もし、お酒を無理に呑ませるお侍も早乙女藩の者だとしたら、藩内は相当荒れているのかもしれませんね」

「うむ。そういうことになるな」

そこへ、又五郎が料理を運んできた。

「鱈《たら》の淡雪蒸です。お召し上がりください」

淡雪蒸とは、白身魚に泡立てた卵白をかけて蒸したものだ。又五郎は、擂《す》り潰《つぶ》した鱈に昆布出汁《こぶだし》を併せ、それによく泡立てた卵白と塩を加えて混ぜ、蒸し上げる。吸い地を少々かけて、出来上がりだ。ちなみに吸い地とは、吸い物の出汁のことである。

又五郎は礼をし、速やかに下がる。皿に盛られたまさに雪の如き料理に、国義は目を細めた。

「これはまた見目麗《みめうるわ》しい。このような一品を出してもらうと、料理とは舌のみならず目でも楽しむものだと、改めて気づかされるな」

国義は箸を伸ばし、淡雪蒸を頬張る。ふんわりとした口当たりに、国義は思わず相好《そうごう》を崩す。口の中でまさに雪のように溶け、鱈の優しく上品な風味が広がる。

国義は満足げに息をつき、酒をまた一口味わう。冬花は静かな笑みを浮かべ、国義を見つめていた。

国義は料理に舌鼓《したつづみ》を打ちながら、冬花に酒を注《つ》ぎ返す。二人は差しつ差されつ、冬の夜は和《なご》やかに更けていく。

急に冷たい風を感じて、冬花は振り返った。蔀戸《しとみど》が開き、女が立っていた。冬花はその女に覚えがあった。渚沙が療養中の寮にいる、下働きのお元である。冬花は腰を上げ、入口へと向かった。

お元は冬花に丁寧に辞儀をした。

「先日は、まことにありがとうございました。こちらのお料理のおかげで、お内儀様はまたご飯を召し上がれるようになりました」

「それはよろしかったです。お元気になられたのですね」

「はい。……まだ、すっかり元気という訳ではございませんが、だいぶ快復なさっています。それで、お手数おかけしますが、また出前を頼みたいのです」

「かしこまりました。寮のほうへお届けすればよろしいのですね」

「いえ、寮ではございません。お内儀様から、ご実家の江原屋に届けてほしいとのことです。ゆっくり休ませてもらっているので、ご主人様とお母上様に、そのお礼にと。実際に召し上がってみて、こちらのお料理でしたら間違いないと確信なさったようです」

寒いのだろう、お元はふくよかな顔を襟巻《えりまき》に埋《うず》めている。

「まあ、お褒めのお言葉、ありがとうございます。では、腕によりをかけてお作りしますね。どのようなお料理をお届けすればよろしいのでしょう」

「はい。すっぽん鍋でございます」

「すっぽん鍋ですか」

冬花は繰り返す。お元は頷き、付け足した。

「すっぽんの卵もつけてくださると嬉しいです」

「すっぽん鍋を二人前ですね」

「はい。でも、お鍋は一つで結構です」

「一つのお鍋に二人分、ということですね」

「はい。さようでございます。それで、急でたいへん申し訳ないのですが、今からお届けいただけませんでしょうか。もし、すっぽんがございませんようでしたら、明日の夜でも構いませんが」

「確認してみますので、少しお待ちくださいませ」

冬花は急いで板場へ行き、又五郎にすっぽんがあるかどうか訊いてみる。すると生簀《いけす》の中にちょうど二匹残っていた。冬花はまた急いで戻り、お元にすっぽんがあることを告げた。

「ではよろしくお願いいたします」

お元はお代を払うと、再び丁寧に頭を下げ、立ち去った。

冬花は又五郎にすっぽん鍋の注文が入ったことを告げ、国義の席に戻った。

どこか腑《ふ》に落ちぬ様子の冬花に、国義が訊ねた。

「どうしたんだい」

「いえ、なにやら少々、妙な感じがしたのです。どうしてなのでしょう」

冬花は国義に、江原屋の寮の下働きの女が出前の注文にきたことを告げた。

――やはりどこかで会ったような気がするわ。

下働きの女のお元の柔和《にゆうわ》な面立ち、ふくよかな躰つき、白髪交《しらが》じりの頭。しかし、冬花は思い出せない。

――でも、あの声。どこかで聞いたことがあるわ。絶対に。……もしや、私の記憶が喪《うしな》われている頃に、どこかで会った人なのかしら。

そう考えると、冬花の頭はまた微かに痛む。こめかみをそっと押さえた時、又五郎が声をかけてきた。

「すっぽん鍋ができました。こんな刻限ですので、私がお届けに参ります」

「いえ、私が届けるわ。まだ五つ半（午後九時）前だし、今夜は月明かりもあるので、大丈夫よ。又五郎さんはお店にいて、お料理とおもてなしをお願いします」

「かしこまりました。お気をつけていってらしてください」

又五郎は冬花に一礼する。冬花は国義に告げた。

「江原屋さんはさほど離れておりませんので、さっと行ってすぐに戻って参ります。お待ちいただけましたら嬉しいですが、ご用もございますでしょうからお帰りくださっても構いません」

国義は微笑んだ。

「いやいや、待っておる。わしのことは気にせず、いってきなさい。くれぐれも気をつけてな。……そうだ、これを持っていきなさい」

国義は懐から呼子笛《よびこ》を取り出し、冬花に渡した。岡っ引きなどが合図に使う、小さな笛である。目を瞬かせる冬花に、国義は再び微笑んだ。

「危ない目に遭いそうになったら、腹に力を籠《こ》めてこれを吹きなさい。誰かが飛び出してこよう」

「ありがとうございます。……しっかりと持って参ります」

冬花は呼子笛を握り締める。呼子笛には糸が通してあったので、首に下《さ》げられた。

——なんだか子供みたいね、私。

そう思いながらも、冬花は国義の気遣いが嬉しくて仕方がない。冬花は呼子笛を首に下げ、すっぽん鍋の入った岡持ちを持って、店を出た。

寒月の照る下、冬花は半纏《はんてん》に頬を埋めて、息を白くしながら夜道を歩いた。左手に岡持ちを、右手に提灯《ちょうちん》を持ち、江原屋へと急ぐ。冷たい夜風が吹いていても、呼子笛が仕舞われている懐の辺りは、温かかった。

荒布橋を渡り、親父橋を渡り、真っすぐ進んで人形町通りを行くと、長谷川町に着く。

間口八間の江原屋は、夜目にも風格のある佇《たたず》まいだ。江原屋は終っていたので、冬花は板戸を何度も叩いた。

「夜分遅く申し訳ございません」

大きな声を上げると、物音が聞こえ、板戸が開いた。白髪交じりの、小柄で地味な女が立っていた。しかし使用人といった雰囲気はなく、静かな貫禄《かんろく》が漂っている。これまで会ったことはなかったが、大内儀の沙和だと、冬花はすぐに分かった。

「夜分遅く、申し訳ございません。本船町の料理屋、梅乃の女将でございます。出前をお届けに参りました。あの……大内儀様でいらっしゃいますか」

沙和は怪訝そうな顔をした。

「はい、そうですけれど。出前を頼んだ覚えはございませんが」

「お嬢様の渚沙様からご注文をいただいたのです。こちらにお届けするように、と」

冬花はお元が話したことを、沙和に告げた。

「まあ、そうだったのですか。……あの子ったら、親に気を遣ったりせずに、ゆっくり休んでいればいいものを」

沙和は微かに眉根を寄せる。すると奥から、渚沙の夫の笙次郎が現れ、笑顔で答えた。

「お義母《かあ》さん、いいではないですか。せっかくですから、ありがたく受け取っておきましょう」

「それもそうね」

沙和は溜息をつきつつ、冬花からすっぽん鍋を受け取った。

冬花は二人に丁寧に礼をし、立ち去った。

提灯と空になった岡持ちを手に、来た道を戻る。すると冬花に、声をかける者がいた。その覚えのある声に振り向くと、国義が立っていた。冬花は目を丸くし、岡持ちを落としそうになる。国義は提灯を手に、照れ臭そうに微笑んだ。

「心配だったのでね、冬花さんが店を出た後、尾《つ》けてしまったんだよ。許しておくれ」

国義の言葉が嬉しくて、冷たい風に吹かれながら、冬花の目が微かに潤む。冬花も笑みを浮かべ、首を大きく横に振った。

「許すだなんて……そんな。お心遣いに、感謝いたします。どんなに暗い夜道でも、国義様とご一緒ならば、怖くありませんわ」

冬花は胸を熱くしながら、国義に寄り添うようにして、また歩き始める。道すがら、二人は白い息を吐きながら話をした。

「では冬花さんは、江原屋の大内儀と娘婿の笙次郎を見たという訳だな。どのような様子だった」

「はい。大内儀様は、一見地味な雰囲気でいらっしゃいますが、さすが大店を仕切られているだけあって、威厳が感じられました。切れ者の大内儀と謳《うた》われますゆえんが、分かるような気がいたしました」

「ふむ。では、笙次郎のほうはどうだった」

冬花は少し首を傾げ、答えた。

「笙次郎さんは……思ったよりも凛々《りり》しくて、爽《さわ》やかな雰囲気でいらっしゃいました。もっと……なんと申しますか、鬱屈《うっくつ》とされている方なのではと思っていたのですが」

「ふむ。狐女《きつねおんな》などと呼ばれる妻の尻に敷かれる、冴《さ》えない男だろう、とな」

「いえ、そこまでは申しませんが……。それゆえ、国義様が先ほど仰ったこと、大いにあり得るのではないかと。笙次郎さんにはほかに女の人がいて、渚沙さんを追い出そうとしているということです」

「大番頭あたりと組んで、江原屋を乗っ取ろうとしているのかもしれぬな」

「そうしますと、やはり大内儀の沙和さんが心配です。いくらしっかりなさっているといっても、女人の身ですから」

二人は不意に立ち止まった。提灯に照らされた国義の顔は、穏やかながらも引き締まっている。

「あの江原屋は早乙女藩にも関わっているようであるし、どうも怪しげだ。大内儀も心配ゆえ、国光に見張らせることにしよう」

国義の言葉に、冬花は大きく頷いた。

師走十三日の煤払《すすはら》いは、江戸の一大行事である。江戸城をはじめとして、大名屋敷、旗本屋敷、御家人屋敷、神社仏閣、商家、長屋と、江戸中の人々が大掃除をするのだ。手習い所もこの頃には一月近く休みになる。鮎太も張り切って、煤払いに取り組んだ。

冬花は二階の部屋と座敷を、又五郎は一階の板場と座敷を、鮎太は一階と二階を行ったり来たりして掃除する。冬花と又五郎は煤竹という葉のついた長い青竹で、天井裏から鴨居《かもい》の上、柱の上など、手の届かないところに積もった埃《ほこり》を落とした。小さい鮎太は煤竹を持って背伸びをしても届かないので、落ちた埃を箒《ほうき》で掃《は》いて集めるのが役目だ。その集めた埃を、冬花と又五郎が捨てる。そして皆で乾拭きをする。それを繰り返すうち、店も部屋もみるみる磨かれていく。綺麗になるのが嬉しくて、三人は埃一つなくなるまで、熱心に掃除をした。

朝から始めて、途中で昼餉《ひるげ》の饂飩《うどん》を啜り、八つの鐘が聞こえた頃、冬花は又五郎に告げた。

「どうもありがとうございました。うちはもうすっかり片付いたから、又五郎さんはお家にお帰りになって、おかみさんを手伝って差し上げて。おかみさんお一人で煤払いは、たいへんですもの」

冬花に微笑まれ、又五郎は頭を掻く。

「お気遣いくださって、すみません。うちは狭くて、物もないので、片付けなどあいつ一人でもできますけどね。まあ、少しは手伝ってやらねえと、後々うるさいですから」

「それが女心というものよ」

「いやあ、もう女ってもんじゃありませんがね、嬶心《かかあ》ってやつでしょう」

「まあ」

笑い合う二人を、鮎太は目をぱちぱちさせながら眺めている。笑顔で帰っていく又五郎を、冬花と鮎太は見送った。

梅乃は一段落したものの、風花通りのほかの店はどこもまだ忙しく掃除をしているようだ。

「それはそっちじゃなくて、こっちに運んで！」

「もう、そんなに激しく払ったら、埃が目に入るじゃない！」

などなど、賑《にぎ》やかな声が、陽の光が降り注ぐ通りにまで漏れ聞こえてくる。

——どこのお店も、お内儀さんが強いみたいね。

微笑む冬花を、鮎太が円《つぶ》らな目を瞬かせながら見上げる。

「何が面白いの、お母さん」

「どこのお店も煤払いを頑張っているんだなあ、って思ってね。鮎太、もうひと頑張りして、うちもぴかぴかにしちゃいましょう。裏庭のお掃除がまだ残っているわね」

「うん……じゃなくて、はい！」

冬花は鮎太の小さな肩を抱き、店の中へと戻る。蔀戸を閉める時、冬花は冬晴れの青い空を眺め、眩しげに目を細めた。


冬花と鮎太は余すところなく掃除をして、六つになる頃には二人ともくたびれていた。

「鮎太、お疲れさま。夕餉を作るから少し待ってね。さすがにお腹が空いたわね。何が食べたい？」

冬花に訊かれ、鮎太は目を瞬かせながら考える。

「うんとね、あっ、あれがいい。雪のお蕎麦。あ、でもあれもいいな。雪のお豆腐」

冬花は身を屈めて、鮎太に微笑んだ。

「お蕎麦は、淡雪蕎麦、それとも磯雪《いそゆき》蕎麦、どちらかしら」

「うんとね、磯雪のほうかな。海苔《のり》がかかっているの」

「じゃあ、磯雪蕎麦ね。お豆腐は淡雪豆腐かしら」

「そう。あの、ふわふわなの」

冬花はいっそう顔をほころばせる。

「かしこまりました。二つとも鮎太の好物だものね。じゃあ、両方作りましょう。鮎太、一生懸命お手伝いしてくれたから、そのお礼よ」

「嬉しいなあ、やったあ！」

鮎太は冬花に無邪気に抱きつく。冬花は鮎太の頭を撫でた。

「鮎太も、雪が名前につくお料理が好きね」

鮎太は冬花を見上げた。

「だって、お母さんらしいから」

「え？」

「お母さんも名前に冬がつくだろう。だから、雪の名前の料理が上手なんだね」

「褒めてくれてありがとう。鮎太が美味しいって言ってくれるよう、張り切って作るわね」

「はい、お母さん」

素直に頷く鮎太を座敷に座らせ、冬花は板場へと行った。

姉さん被りに襷がけで、冬花は手際よく料理を作る。掃除でよく躰を動かしたせいか、今日は寒さをあまり感じない。卵を割り、殻で掬《すく》うようにして白身と黄身に分けていった。


冬花が運んできた料理を見て、鮎太はあどけない顔をほころばせた。

「あっ、茶碗蒸しもある。わあい！」

「鮎太は茶碗蒸しも好きだものね。淡雪のお料理に卵の白身を使ったから、あまった黄身で作ったの。もったいないものね」

「うん、もったいない」

鮎太は笑顔で頷く。黄身だけで作る茶碗蒸しは、鮎太がここへ来た時からよく食べさせている。優しい味わいの茶碗蒸しには、海老と芹《せり》が入っていた。

二人は向かい合い、いただきますと胸の前で手を合わせた。鮎太は、まずは淡雪豆腐に匙を伸ばす。本物の雪のような見た目のそれは、おぼろ豆腐に細く切った蒲鉾《かまぼこ》を添え、葛餡《くずあん》をかけたものだ。葛餡には淡口《うすくち》醬油を使っているので、味はしっかりつくものの色はそれほど濁《にご》らず、淡雪の名を損なうことはない。

その淡雪豆腐を小さな口いっぱいに頰張り、鮎太は眦を下げる。吞み込むと、鮎太は弾む声を出した。

「美味しいよ、お母さん」

冬花の目頭が不意に熱くなる。鮎太は食べるのに夢中で、冬花が黙ってしまったことに気づかぬようだ。鮎太は淡雪豆腐をむしゃむしゃと食べ、匙を箸に持ち替えて、今度は磯雪蕎麦に手を伸ばした。

磯雪蕎麦とは、茹《ゆ》でた蕎麦によく泡立てた卵白を載せ、青さ海苔を散らしたものだ。汁につけて味わってもよいし、汁をかけてもよい。冬花は卵白に大根おろしを少し混ぜ、薄い汁をかけていた。

鮎太は汁を啜り、麵を食べる時はまだどこか不慣れな箸使いで、蕎麦を手繰《たぐ》る。その様子を、冬花は笑みを浮かべて見守る。卵白の仄かな甘みと、大根おろしのみずみずしい辛みが混ざり合い、蕎麦の味に絡んで彩りを添える。青さ海苔の磯の香りが加われば、大人だけでなく子供も大満足の一品となる。

鮎太は言葉もなく、ひたすら磯雪蕎麦を味わう。幼い子が懸命に蕎麦を手繰り、汁を啜る姿はなんとも愛らしくて、冬花は食べることも忘れて、暫し目を細めて眺めていた。

　鮎太はお腹が満たされてくると、また話すようになった。

「手習い所、一月もお休みになるから、なんだかつまらないな」

「でも、達雄ちゃんやお葉ちゃんとは、いつも遊べるじゃない」

「そうだね。お休みの間、達雄ちゃんと一緒にお相撲の稽古を頑張るんだ。字のお稽古もちゃんとするね。……あ、お葉ちゃん、お母さんにお料理教えてほしい、なんて言ってたよ」

「あら、お葉ちゃんが」

「うん。この前お母さんにもらったお菓子が、とっても美味しかったんだって。お葉ちゃんも、お母さんみたいに料理が上手になりたいんだってさ」

「そうなの。お葉ちゃん、嬉しいことを言ってくれるわね。私はいつでも教えるから、気軽にいらっしゃいって、お葉ちゃんに伝えておいてね。一緒に作りましょう、って」

「うん、伝えておく。お葉ちゃん、喜ぶよ」

　笑顔で答える鮎太に、冬花も微笑む。

「でも、お葉ちゃんのお母さんもお料理上手なはずだけれど」

「お葉ちゃんのお母さんは、お菓子なんかは作らないんだって。お菓子の作り方を教えてほしいみたい」

お葉はきっと、お菓子を作ることはもとより冬花と二人で料理することを望んでいるのだと、冬花は察する。

「かしこまりました。でも五つだとまだ火を使うのは早いわね。教える習うというよりは、お手伝いしてもらって一緒に作って食べましょう、といった感じかしら」

「うん。お葉ちゃんに言っておくね。お葉ちゃん、きっと、お母さんと一緒に遊びたいんだよ。お母さん、優しいから」

「まあ、友垣ということね。可愛い友垣ができて、お母さんも嬉しいわ」

冬花と鮎太は微笑み合う。鮎太は淡雪豆腐を頰張った。

「その蒲鉾、お葉ちゃんのお家のものだから、美味しいでしょう」

「蒲鉾もお豆腐も美味しいよ。どれも、お母さんが作るから凄く美味しい」

鮎太は元気よく言って、今度は茶碗蒸しを口にする。無邪気な鮎太を眺めながら、冬花の心は揺れ動いていた。

幼い鮎太が腰元に抱かれて梅乃を訪れたのは、三年前のちょうど今時分、煤払いが終わった頃だった。

――あれから、もう三年が経つのね。

冬花は改めて実感し、三年間の重みを思う。子供を育てたことがなかった冬花が、二つの鮎太の面倒を見るのは決して容易《ようい》ではなく、頭を悩ますことも多かった。訳もなく泣き喚《わめ》かれ、困り果てたこともあった。三つまでおねしょが治らず、布団干しがたいへんな日々もあった。それでも手探りで向き合ってこられたのは、ひたすら鮎太が愛しかったからだ。もう今では、鮎太がいない暮らしなど、考えられぬほどに。

でも、冬花は、このところ妙に胸騒ぎがするのだ。雪の日の、腰元の言葉が蘇《よみがえ》る。

――数年の後には必ず迎えに参ります。

三年が経った今、冬花は、その時が近づいているような気がして仕方がないのだ。

目の前の鮎太は、淡雪豆腐の最後の一口を頬張り、眦を下げている。冬花の胸に、思いが込み上げた。

――私と鮎太の関わり合いも、いつかそのうち、溶けて消えてしまうのかしら。……淡雪のように。

雪の日に出会った鮎太との関係は、やはり雪の如きものなのではないかと、冬花は漠然と思うのだ。

——鮎太と離れ離れになれば、五つの子の記憶など、いつかまたあやふやになってしまうに違いないわ。本当の母上様のもとで暮らすうちに、私のことなどまったく忘れてしまうでしょう。鮎太の中で、私のことなど、きっと、雪のように消えてしまうのね。……私の中で、鮎太のことはいつまでも消えなくても。

冬花の胸は、切なさに痛む。鮎太はすべて残さずに平らげ、小さなお腹をさすった。

「ああ、美味しかったあ！　あれ、お母さん、あまり食べてないね。お腹空いてないの」

円らな目を瞬かせる鮎太に、冬花は涙を堪《こら》えて微笑んだ。

「お掃除を頑張り過ぎて、疲れちゃったみたい。疲れると、お母さん、逆にお腹が減らなくなっちゃうのよ」

「ふうん。じゃあ、お豆腐少しもらっていい？」

鮎太は、冬花の膳の淡雪豆腐をじっと見つめる。冬花はその椀を、鮎太の膳に載せた。

「いいわよ、どうぞ。でもお腹を壊すまで食べては駄目よ」

「気をつけるね。たくさん食べて、大きくなるんだ。そして来年は達雄ちゃんと一緒に相撲大会に出るんだ。そうしたら、お母さん、見にきてくれる？」

「もちろん、見にいくわよ。鮎太のこと、応援しなくちゃ」

「本当？　約束だよ」

「ええ、約束するわ」

鮎太が小指を差し出したので、冬花も小指を絡ませ、指切りをする。無邪気に微笑む鮎太に笑みを返しながら、冬花は思っていた。

——本当に、そのような時が、やってくるのかしら。

今日は店を休んだので、鮎太はこの後、冬花と一緒に湯屋に行くのを楽しみにしているようだ。いつ訪れるか分からぬ別れに怯《おび》えながらも、冬花はだからこそ鮎太との一日一日を大切にしたいと、切に願うのだった。

「行って参ります」

冬花は弁当を詰めた岡持ちを手に、店を出た。鮎太が追いかけてくる。

「お母さん、いってらっしゃい」

「鮎太、いい子にしてるのよ」

振り向いて笑みをかけると、鮎太は素直に頷く。又五郎も出てきて、鮎太の肩を抱いた。

「お気をつけて。二人で留守番してますわ」

「よろしくお願いします」

冬花は店先に佇む二人に会釈をし、風花通りを歩き始めた。

少し行って振り向くと、二人はまだ店先に佇んでいる。大きく手を振る鮎太に冬花も手を振り返したかったが、岡持ちで両手が塞《ふさ》がっているので、再び笑顔で会釈をした。

十人分の弁当はなかなかの重さで、中を崩したくないので、冬花は舟で柳橋まで行くことにした。江戸橋の辺りの船着場で舟に乗り、小網町沿いに進むと、多くの武家屋敷が建ち並んでいるのが目に入る。中州を過ぎ、右手に本所深川を、左手に武家屋敷を眺めながら行けば、両国橋にすぐに着く。冬花はその先の柳橋で舟を降りた。

――出前が今以上に増えるようなら、そろそろ猫車を買ったほうがいいかもしれないわね。

思案しながら、冬花は岡持ちを手に歩を進める。猫車とは、荷物を運搬するための、小型の手押し車だ。

富政に弁当を届けると、女将のお富は冬花に改めて礼を述べた。

「おかげさまで、佳つ江の食欲も元に戻って、元気になりました。来年から再びお座敷に出る予定で、復帰祝いも考えているところです。その時のお料理は、また梅乃さんに頼もうと思っておりますので、よろしくお願いしますね」

「まあ、それは本当によろしかったです。安心いたしました」

冬花の顔がほころぶ。

「あの子、女将さんが届けてくださった淡雪羹がよほど美味しかったみたいでね。ごめんなさいね。あれから何度か頼んでしまって」

「いえ、そんな。召し上がっていただけて、嬉しかったです」

「あのお料理を皮切りに、おかゆなども食べられるようになりましてね。もうお弁当もすっかり食べられますよ。お料理って、人の躰だけでなく、心にまで働きかけるんですねえ。この歳になって、初めて知りました。これも女将さんのおかげですよ」

お富に丁寧に頭を下げられ、冬花は恐縮する。すると佳つ江が顔を出したので、冬花は思わず声を上げた。

「まあ、佳つ江さん。お元気になられましたね」

佳つ江には美しさも精気も戻っている。佳つ江は冬花に微笑むと、お富の傍らに腰を下ろして深々と礼をした。

「お心遣いまことにありがとうございました。私が元に戻れましたのも、女将さん、そして女将さんが作ってくださった淡雪羹のおかげです。あの時、何も食べられず、本当に苦しかったのです。でも、溶けるような淡雪羹は、口にすることができました。淡雪羹に出会うことがなかったら、今頃、私、衰弱《すいじゃく》の果てに命を落としていたかもしれません。女将さんのご恩は決して忘れません」

佳つ江の真摯《しんし》な思いが伝わってきて、冬花の胸も熱くなる。

「本当によろしかったです。でも佳つ江さん、ご無理はなさらないでくださいね。お躰、ゆっくり治していかれてください」

「はい。寒い日が続きますので、女将さんもお躰おいといあそばしませ」

佳つ江が恭しく返すと、お富が口を挟んだ。

「師走ですしね。梅乃さんもいっそうお忙しいでしょう。お躰には本当にお気をつけください。まあ、皆でどうにか今年を乗り越え、元気に来年を迎えたいものですね」

「本当に。皆で乗り切りましょうね」

富政の玄関口に笑い声が起きる。佳つ江の張りのある声を聞きながら、冬花は心から安堵《あんど》した。


冬花は柳橋の辺りで舟に乗り、船頭に告げた。

「向嶋の小梅村までお願いします」

「へい、かしこまりました」

舟が大川を流れ出す。よく晴れた日、陽の光を受け、水面が煌《きら》めいている。冬の川は、気候のよい時節と比べれば、魚もおとなしくて静かだ。

――このような川で立派な魚を釣ってしまうなんて、国義様の釣りの腕前には恐れ入るわ。

冬花の顔に笑みが浮かぶ。行き先に小梅村を告げたのは、急に国義の顔が見たくなったからだ。舟が進み、三囲稲荷を過ぎた辺りで開けてくる、田畑の広がる向嶋の風景を眺めながら、冬花は懐にそっと手を当てた。懐には、国義にもらった呼子笛が仕舞ってあった。

気候のよい時季に比べればやはり少ないが、この辺りでは釣りをしている者たちが見られる。長閑《のどか》な光景を堪能《たんのう》しつつ、冬花は、あっと声を上げた。浅瀬に舟を止めて、釣りに興じている国義の姿が目に入ったからだ。

冬花は思わず膝立ちして、叫んだ。

「国義様！　国義様！」

名前を繰り返しながら、手を振る。まるで、あどけない子供のようだ。国義も気づき、冬花に手を振り返す。冬花がはしゃいで立ち上がろうとしたので、国義も叫んだ。

「危ないぞ！　落ち着きなさい」

冬花はちらと舌を出し、拳骨《げんこつ》を握って自分の頭を小突く。その姿を眺め、国義は微笑んだ。船頭が冬花に声をかけた。

「あちらの舟につけましょうか」

「そうしていただけますか。ありがとうございます」

冬花を乗せた舟が、国義の舟へと近づいていく。冬花は国義に支えられ、舟を乗り移った。

「気をつけてな」

「はい」

国義の躰の温《ぬく》もりと、草木のような匂いが伝わってきて、冬花は胸をときめかせる。猪牙舟が去っていくと、冬花は苦笑いを浮かべた。

「申し訳ありませんでした。……お転婆《てんば》なことをして」

「お転婆も時にはいいではないか。可愛かったぞ、子供のようでな」

居眠りをしている猫のように目を細めて、国義が笑う。冬花はいっそうときめきながら、舟に腰を下ろした。

「また突然ご訪問してしまいました」

「いやいや、嬉しいよ。話し相手もおらぬ隠居の身なのでな。今日も出前だったのかい。お疲れさま」

「せっかく釣りをなさっているところ、お邪魔してしまいました」

「うむ。今日はあまり手応えがなくてな。そろそろ引き返そうかと思っていたところだった。冬花さんも来てくれたことだし、この辺りを眺めながら、少し漕《こ》ぐとしようか」

「それは嬉しいです！」

冬花は手を合わせ、声を弾ませる。国義は笑みを浮かべて、舟を漕ぎ始めた。釣り好きの国義は、隠居してからは舟を操る腕も磨いたようで、船頭並みに漕ぐことができる。時折冷たい風が吹いても、国義と一緒だからか、冬花は寒さを感じなかった。

緑が広がる景色の中を進みながら、冬花は、ぽつりぽつりと語った。鮎太のことを、だ。

冬花は不安な胸の内を、国義にすべて打ち明けた。人から相談されることは多くても、人にあまり相談をすることがない冬花が頼れるのは、国義だけだった。

「……つい、考えてしまうのです。雪の日に出会った鮎太との関係は、まさに雪のように、いつか溶けて消えてしまうのではないか、って。鮎太も今は私のことを、お母さんと慕《した》ってくれているけれど、本当のお母上様に引き取られれば、私のことも、私と暮らした日々のことも、そのうちあの子の記憶から消えてなくなってしまうに違いありません。……血が繋がっていない私と鮎太の関わり合いは、それほどに淡く儚《はかな》いものなのかと思うと、なんだか悲しくて」

話しながら、冬花は声を詰まらせる。三日前の夜、無邪気に淡雪豆腐を頬張っていた鮎太の笑顔が、脳裏に浮かぶ。

国義は冬花の話を黙って聞き、大川へと出て、三囲稲荷の近くに舟を止めた。国義も腰を下ろし、冬花と向き合った。

澄んだ空気の中、景色がよく眺められる。青空に椋鳥《むくどり》が群れをなして飛んでいる。時折、賑やかな啼《な》き声も聞こえてきた。遠くには、富士《ふじ》の山が見えた。

静けさが漂う大川の上で、国義は穏やかな声を響かせた。

「なあ、冬花さん。この世には、消えない雪というのもあるんだよ。万年雪といってな。ほら、あの富士の山にも見えるだろう、その万年雪が」

国義が指差す。冬花は微かに潤む目で、富士の山を見た。頂きを白く彩っている万年雪に、冬花は目を細める。富士の山を眺めながら、国義は続けた。

「雪には冷たい印象があるが、あの雪を見て、人は冷たさを感じるだろうか。いやむしろ、心が浄化されるのではあるまいか。そしてそれは、冷たさとは逆の、温もりや安らぎに繋がる。冬花さん、わしはな、貴女《あなた》と鮎太を見ていても、同じような気持ちになるんだ。心がなんとも清々《すがすが》しくなる。富士に積もって溶けぬ雪を眺めた時のような、爽やかな心持ちになるのだよ。あのなかなか消えぬ雪は、富士の雄大な眺めに、和やかな趣《おもむき》と、清らかな彩りを添えているのだ。……冬花さん、案ずるな。時が解決してくれる」

冬花は富士の山から目を逸《そ》らすことができない。国義の柔らかな顔を見たら、涙が溢れ出てしまうことが分かっているからだ。だが……俯いた時、耐え切れずに涙がこぼれ落ちた。

冬花の滑らかな頰を、涙がはらはらと伝う。国義は手ぬぐいを差し出しつつ、バツが悪そうに言った。

「すまんな。こんな薄汚れた手ぬぐいで。釣りに出る時にいつも使っているものだから、許しておくれ。……いや、こんな尻からげに半纏、股引《ももひき》の姿で、気障《きざ》なことを言ってる場合ではないな。わしもすっかり、爺《じい》さんだわい」

国義のおどけた口ぶりに、冬花は涙を拭いながら、思わず笑ってしまう。国義は安心したように、再び舟を漕ぎ始めた。

「送っていこう。江戸橋まででいいかな」

「そんな……申し訳ないです。猪牙舟に乗って帰りますので」

冬花は洟を啜りながら答える。

「いいんだよ、わしは舟を操るのが好きなのでな。迷惑でなかったら、送らせておくれ」

「そんな、迷惑だなんて。……嬉しいです」

国義が渡してくれた手ぬぐいに、冬花はそっと頰を埋めた。

江戸橋へと戻る間、冬花は思っていた。富士の山を眺めながら国義からもらった言葉は、決して消えない宝物として、いつまでも心に残るだろうと。

江戸橋の近くで舟を降りる時、冬花は国義に深々と頭を下げ、送ってもらった礼を述べた。

「手ぬぐいは洗ってお返しいたします。色々と申し訳ございませんでした」

「いやいや、元気が戻ってくれたようでよかったよ。わしもまた食べにいくので、返してくれるのはその時で構わんからな」

「はい。……国義様、励ましてくださって、ありがとうございました。もう、案ずることなく、自然に暮らしていこうと思います」

国義は笑みを浮かべて頷いた。

「それがよい。冬花さんのためにも、鮎太のためにもな。……早く帰っておやり。鮎太、待っているぞ」

「あ、はい。急いでおやつを作ってあげませんと」

冬花は急に我に返り、手で口を押さえた。国義は再び頷き、舟を漕ぎ出す。

「ありがとうございました」

笑顔で手を振る冬花に、国義は舟の上から手を振り返す。国義を見送ってから、冬花は店へと戻っていった。魚河岸はもちろん、米河岸も風花通りも人出が多く、師走の賑わいを見せている。知った顔の者たちと挨拶を交わしながら、冬花は頬を仄《ほの》かに染め、急ぎ足で通り抜けていった。

第五章　料理が解くもの

一

雨催《あめもよ》いの中、八つを廻った頃、佳つ江の妹のお糸が梅乃を訪ねてきた。

「お忙しいところすみません。お弁当の箱を、返しに参りました」

お糸は風呂敷包みを開き、空き箱を取り出す。冬花は恐縮した。

「まあ、わざわざありがとうございます。でも、私が翌日に回収しに伺いますので、次からはくれぐれもお気遣いなく。お手数おかけしてしまっては、申し訳ありませんから」

するとお糸は笑みを浮かべた。

「いえ……。こうでもしないと、下働きの私はなかなか髪結《かみゆ》い床《どこ》を抜け出せませんので。女将《おかみ》さんにお話があって来たのです。姉のことで」

姉《あね》さん被《かぶ》りに襷《たすき》がけの姿で、冬花は目を瞬《しばたた》かせる。冬花はお糸を座敷へと上がらせた。

お糸は冬花に向き合うと、姿勢を正して礼を述べた。

「おかげさまで姉はずいぶん元気になりました。お心遣い、ありがとうございました」

「本当によろしかったですね。先日、富政に出前をお届けした時にお姉様にお目にかかりましたが、お顔の色もよろしくて、安心いたしましました」

「姉から聞きました。姉は女将さんにとても感謝しております。重ねてお礼を申し上げます。まことにありがとうございました」

深々と頭を下げるお糸に、冬花は「よろしいんですよ」と声をかける。そこへ、又五郎がお茶と菓子を運んできた。紫紺色の皿に載った雪の如《ごと》き菓子に、お糸は目を瞠《みは》った。

「もしや……これが淡雪羹ですか」

冬花は微笑んだ。

「はい。でも、本来の淡雪羹に一工夫しております。お姉様にお届けしました淡雪羹は、寒天と卵の白身とお砂糖で作りましたが、それに柚子を加えてみました。細く切った柚子の皮を蜂蜜《はちみつ》とお砂糖で軟《やわ》らかく煮て、それを混ぜ合わせて固めたのです」

切り口を眺め、お糸は頷《うなず》く。

「確かに柚子の皮が入っていますね。甘酸っぱい香りが、仄《ほの》かに漂います。とても綺麗《きれい》で、なんだか食べるのがもったいないです。雪の中に、黄色い花が咲いているみたい」

「そうですよね。だから私は、そのお菓子に、満作《まんさく》淡雪羹と名づけたんです」

「ああ、確かに満作の花に見えますね。満作淡雪羹って、素敵です」

声を弾ませるお糸に、冬花は微笑む。

「でもね、鮎太はそのお菓子を、こう呼ぶんです。花火の淡雪羹、って」

「花火の淡雪羹？」

「ええ。あの子には、雪の中で花火が上がっているように見えるみたいですよ。子供の思いつきって、面白いですね」

お糸は菓子を眺めながら、頷いた。

「なるほど。白に混ざっているから、黄色がより鮮やかに見えて、それで花火を連想したのかもしれませんね。雪の中の花火ですか。子供って凄いです」

「考えてみましたら、雪の中の花はありきたりですが、雪の中の花火って少し変わっていて、印象に残りますでしょう。だから、そのお菓子は、鮎太が考えてくれた『花火の淡雪羹』の名で、うちのお品書きに加えることにしました」

「鮎太ちゃんの思いつきが採用されたのですね。素敵だわ。……では、花火の淡雪羹のお味を」

お糸は楊枝で菓子を切り、口に入れる。淑《しと》やかな甘さが蕩《とろ》けた後に、柚子の風味が鮮やかに弾け、まさに雪の中での花火のような味わいだ。お糸は垂れ気味の眦《まなじり》を、ますます下げた。

「……姉さんが元気になった訳が、よく分かりました」

お糸の微笑《ほほえ》みにつられて、冬花も顔をほころばせた。

花火の淡雪羹を味わいながら、お糸は冬花に語った。お糸も色々と調べたようで、芸者たちに酒を無理やり吞《の》ませている男は、どうも早乙女藩の用人らしいとのことだった。用人と聞き、冬花は察した。

――あちこちで悪さをしているのも……もしや、蜂田という男なのではないかしら。

恐らく蜂田が、女人たちに酒を無理やり呑ませたり、仕官の話を餌《えさ》に浪人たちを騙《かた》ったりしているのだ。蜂田は、江原屋とも繋がっているに違いない。渚沙を陥《おとしい》れるための役者の毒殺騒ぎには、関わっていたのだろうか。あの事件は染十郎の狂言だったようにも思えるが、その染十郎も早乙女藩と繋がっていたとすると、蜂田も少なからず関与していたのかもしれない。

冬花は午前《ひるまえ》、松島町の近くに出前にいったついでに、紅文字を見張っている弥助に声をかけた。紅文字が親しくしている藩士は早乙女藩の者のようだと、弥助は言っていた。駕籠《かご》で乗りつけたことがあって、帰っていくのを尾《つ》けたところ、麻布《あざぶ》の早乙女藩上屋敷へ入っていったと。

その時、弥助の口から、冬花は聞いたのだった。染十郎の毒殺未遂事件が起き、梅乃の信用が危ぶまれた際、梅乃の潔白を瓦版に書かせたのは、国光だったと。冬花はもちろん、国光に感謝の念を抱いた。

そのことを思い出しつつ、冬花は推測する。

――お酒を呑ませる侍が蜂田ならば、紅文字さんと繋がっているのも蜂田ということになるわ。恐らく蜂田は江戸定府の用人で、権力を笠に着て、方々《ほうぼう》で悪さをしているのでは。

お糸は言った。

「その人は、異例の出世をして用人になったそうですよ。きっと何か悪いことでも企《たくら》んだのでしょうね」

「用人になる前はどんなお役職だったのでしょう」

「御料理方にいたそうです」

冬花の頭にまた痛みが走った。痺《しび》れるような痛みだ。こめかみを押さえながら、冬花はふと、あの文句を思い出した。

――苦い蜜は料理に使えず。

冬花の脳裏に蘇《よみがえ》っていく。その前後の言葉を、急に思い出したのだ。

――《甘い汁　啜《すす》りて苦き　蜜となる　料理に使えず　狐の餌に》。

このような狂歌もどき、誰が詠《よ》んだのでしょう。どうして私は覚えているのかしら。

混乱する頭の中で、冬花は思い当たる。

――苦き蜜……。蜜、蜂蜜……もしや蜜とは、蜂田のことを指していたのでは。

蜂田の名を初めて聞いた時に込み上げた嫌悪《けんお》、あれはいったい何だったのだろうと、冬花の心は揺れ動く。

青褪《あおざ》め、無言になってしまった冬花を、お糸は心配そうに見た。

「大丈夫ですか」

「……ええ。風邪《かぜ》を引いたのか、急に頭痛がして。ごめんなさいね」

冬花は気を取り直して答えたが、額には微かに汗が浮かんでいる。お糸は姿勢を正した。

「お忙しいところ長居してしまい、申し訳ありませんでした。そろそろお暇《いとま》いたします。女将さん、くれぐれもご無理なさらないでくださいね」

お糸は、包みを差し出した。

「これ、鮎太ちゃんへ渡していただけますか。お礼というには、ささやか過ぎるものですが。これぐらいしか手が届かず……ごめんなさい」

中に入っているのは、どうやら角凧《かくだこ》のようだ。お糸はここへ来る前、年の市で買ってきたのだろう。年の市では、門松《かどまつ》や注連《しめ》飾りや破魔矢《はまや》などお正月を迎えるためのもの以外にも、凧や羽子板《はごいた》が売られている。お糸の気遣いに、冬花の面持ちは和《やわ》らいだ。

「ありがとうございます。鮎太、喜びますわ。今、遊びにいっていますので、帰ってきたら渡しますね」

「よろしくお願いいたします」

お糸は一礼し、髪結い処へ戻っていった。


時の鐘が七つを告げる頃には、冬花の頭の痛みはすっかり治まっていた。真っ黒になって相撲《すもう》の稽古《けいこ》から戻ってきた鮎太に、凧を渡す。鮎太は目を丸くしてはしゃいだ。角凧には、来年の干支《えと》が描かれていた。

「わあい、凧だ、凧だ！　辰《たつ》の絵が恰好いいなあ。裏庭で揚げてくる」

冬花は鮎太の額《ひたい》を軽く小突いた。

「せっかくだからお正月まで大事に仕舞《しま》っておけば？　待ち切れない気持ちは分かるけれど」

「だって……凧揚げしたいんだもん」

鮎太は頬を膨らませる。寒風の中、稽古をしたからだろう、ふっくらとした頬は真っ赤になっている。その頬にそっと指で触れると、冷たかった。

「今日はもう駄目です。薄暗くなってきたし、風邪を引いてしまうわ。手をよく洗って、二階へ行って、着替えて少しおとなしくしてなさい。すぐに湯浴《ゆあ》みの支《し》度《たく》をするから」

「……分かった」

鮎太は唇を尖《とが》らせる。冬花は手ぬぐいで、鮎太の顔をよく拭《ふ》いてあげた。

「怪我《けが》はしなかった？」

「大丈夫」

鮎太は両の手を開き、冬花に見せる。

「鮎太、手の皮が丈夫になってきたみたいね。背も少し伸びたみたいよ」

「本当？　毎日いっぱい食べてるからだね。早くもっと大きくなりたいなあ」

背伸びをしてみせる鮎太が可愛くて、冬花はその小さな肩を抱き締めた。

「元気に躰を動かして、好き嫌いなく食べれば、必ず大きくなれるわ。お母さんは、鮎太が健やかなことが一番嬉しいの」

「おいらもだよ。おいらも、お母さんが元気でにこにこしてると嬉しいんだ」

無邪気に笑う鮎太に、冬花の心は安らぐ。裏庭の井戸で手を洗い、爪を持って二階へ上がっていく鮎太を、冬花は目を細めて眺めた。

鮎太の湯浴みを済ませ、七つ半近くになって店を開けようとした時、二階から駆け回るような音が響いてきて、冬花と又五郎は顔を見合わせた。

冬花は慌てて階段を駆け上がる。部屋の中を、鮎太が凧を引き摺《ず》りながら、きゃっきゃっと声を上げて走り回っていた。どうやら外で凧を揚げては駄目と言われたので、中で揚げようとしているらしい。冬花は呆れつつ、怒った。

「こんな狭いところで凧揚げができる訳がないでしょう！　今からお店を開けるんだから、静かになさい。お客様にも迷惑がかかるじゃない」

柳眉《りゅうび》を逆立てる冬花に、鮎太は項垂《うなだ》れた。

「はい……ごめんなさい」

「駄目よ、家の中で凧揚げなんて。そんなに引き摺ったら、破けちゃうじゃない。せっかくお姉ちゃんにもらったんだから、大切になさい。あ、言っておくけれど、窓を開けて凧を飛ばそうなんてことも絶対にしちゃ駄目よ。窓から落ちたりしたら、もう一生、大きくなれないわよ、鮎太」

禁じるために少し脅《おど》かすと、鮎太は目を見開いて震え上がった。

「えっ、お母さん、本当？　窓から落ちたら、おいら、もう大きくなれないの」

「そうよ。ずっと今のままよ。お相撲も強くなれないわ」

「やだよ、おいら、そんなの嫌だ！」

鮎太は泣きそうな顔になる。冬花は身を屈め、鮎太の鼻先を突いた。

「それが嫌なら、お母さんの言うことを聞きなさい。いい、分かった？」

「うん、分かった」

鮎太は目を擦《こす》りながら答える。冬花は息をつき、鮎太を軽く睨《にら》んだ。

「鮎太、うんじゃなくて」

「はい、分かりました。お母さん」

冬花は鮎太の頭を撫で、優しく微笑んだ。

「分かったなら、いいわ。おとなしくしててね」

「はい。字の稽古をするね」

鮎太は冬花を見上げ、素直に頷いた。


その夜、又五郎が帰った後、冬花は一人で板場に立ち、あるものを作り始めた。

冬花は、恐らく自分も早乙女藩に関わっているのではないかと、気づいていた。国光がいつか教えてくれたように、ガッキ煮は早乙女藩の郷土料理だ。ガッキ煮を食べた時に、喪《うしな》われていた記憶が揺り動かされたように、自分の舌と味覚を信じて、早乙女藩のほかの料理も作って食べてみることにしたのだ。

――そうすれば記憶が完全に蘇り、思い出せるかもしれないわ。いったい何があったのか、父上や母上のことも。

冬花は料理に、願いを託したのだ。早乙女藩の料理を調べた冬花が、これはと思ったのが『くぢらもち』だった。とは言っても鯨《くじら》の肉が入っている訳ではなく、米粉を水で練って蒸籠《せいろ》で蒸して作る、菓子のようなものだ。くぢらもち、という響きに、冬花はどことなく覚えがあった。

糯米《もちごめ》と粳米《うるちまい》の粉を水で練り、型に入れて伸ばし、砕いた胡桃《くるみ》と砂糖水を加えて、蒸籠で蒸す。米は既に昨日碾《ひ》いておいたので、それほど手間はかからないが、蒸し上げるのに一刻ほどかかった。早乙女藩では、このくぢらもちを、桃の節句に食べるとのことだ。

板場に、白い煙と、甘くどこか懐かしいような匂いが漂う。冬花は胸騒ぎを覚えつつも、落ち着いていた。

蒸し上がったくぢらもちを見て、冬花は大きな目を瞬かせた。白くふわふわとした見た目は淡雪羹に似ているが、饅頭《まんじゆう》のようでもある。胡桃が混ざったその菓子に、冬花はどことなく覚えがあった。

――でも……怖い。これを食べたら、記憶が溢れてしまうかもしれない。忘れたいほどに嫌だったことも、すべて思い出してしまうかもしれない。

冬花は、湯気の立つくぢらもちを見つめたまま、心を震わせる。

人には、忘れてしまっていたほうがよいこともあるのだろう。冬花だって、分かっているのだ。しかし、それでも冬花は知りたかった。自分が本当は何者なのかを。

葛藤《かっとう》しつつ、冬花はくぢらもちに手を伸ばす。湯気はもう、収まっていた。くぢらもちに触れるとまだ熱かったが、冬花は指で千切《ちぎ》った。できたてのくぢらもちは、甘い匂いを漂わせながら、指に粘つく。

逸《はや》る胸を押さえながら、冬花は恐る恐る、それを口にした。

その時、冬花の心と躰に震えが走った。もちもちと、ふくよかな口当たり。胡桃が混ざった、芳ばしくも優しい味わい。小さい頃、藩の御料理方だった父がよく作ってくれた、幸せな思い出の味だった。

「お父上……」

冬花の目から、涙がこぼれた。

仕舞い込まれていた記憶が、溢れ出す。父の顔、幼い頃に死に別れた母の顔を、冬花ははっきりと思い出した。

冬花は、早乙女藩の御料理方、澤井冬繁《さわいふゆしげ》の娘だったのだ。それゆえ、父によって自然と舌を鍛《きた》えられていた訳だった。父に習って、料理をよく作っていた。母が亡くなった後も、優しい父に育てられて幸せに過ごしていたが、父を陥れる奸《かん》計《けい》で藩主の毒殺騒動があり、父は捕えられてしまったのだ。冬花は命からがら逃げおおせたが、酷い衝撃を受けていたうえに、数日間飲まず食わずであったため、行き倒れ、記憶まで喪ってしまったのだった。

優しくてひたむきだった父が、何の罪もないのに陥れられてしまったことが、冬花には耐えられなかったのだろう。その心の傷が、脳に作用し、辛い思い出が封じ込まれてしまったのかもしれない。そのような自己防衛が働かなければ、齢十四だった冬花は、生きていけなかったのではなかろうか。

だが……冬花は今、すべてを思い出してしまった。懐かしい味覚によって、記憶の箱が開け放たれたのだ。

——お父上、お父上。

心の中で叫びながら、冬花は板場で倒れた。

二階から鮎太が下りてきた。暗いので、お尻をつけて一段一段ゆっくりと。物音がしたため、起きてしまったようだ。鮎太は、明かりが漏《も》れている板場へと入り、冬花を見つけて目を丸くした。傍《そば》へ駆け寄り、鮎太は冬花の肩をさすった。

「お母さん、大丈夫？　大丈夫？」

鮎太の声に、冬花はゆっくりと目を開ける。鮎太は心配そうに声を上擦《うわず》らせた。

「どこか痛いの？　お母さん、お水飲む？」

冬花は何も言わず、鮎太を強く抱き締めた。冬花の涙が、鮎太の浴衣に滲《にじ》んでいく。鮎太は小さな躰で、懸命に冬花を受け止めていた。

二

記憶が蘇った冬花は、悲しみを堪えつつ、推測していった。

悪さをしている早乙女藩の用人の蜂田は、元々は御料理方だったという。恐らく蜂田は、その頃から奥方様と通じていたのではないか。色好みの奥方様は冬花の父にもちょっかいを出したが、父が拒《こば》んだので逆恨《さかうら》みして、「私に恥を掻かせた」と蜂田と結託し、父を陥れたのだろう。そして蜂田はその働きにより、いっそう奥方様に気に入られて、異例の出世をしたのかもしれない。

どうして父が罠《わな》に嵌められたのか、あの頃の冬花にはまるで分からなかったが、そのように考えれば理解ができる。

父が憎々しげに詠んだ狂歌もどきは、きっと蜂田と奥方様を揶揄《やゆ》したものだったのだ。

《甘い汁　啜りて苦き　蜜となる　料理に使えず　狐の餌に》

甘い汁を啜って苦い蜜となったのは、蜂田。仕事に誇りを持っていた冬花の父にしてみれば、蜂田が同じ御料理方にいるのは不愉快だったに違いない。狐とは奥方様のことで、蜂田はその餌になっているのが相応《ふさわ》しいと、精一杯の皮肉を詠んだものだったのだろう。

朧気に覚えていた、酒癖が悪い者への罵《のの》りの言葉も、父の口から発せられたものだったと、冬花は気づいた。あれも、蜂田への皮肉だったに違いない。

生真面目だった冬花の父は、あざとい気性の蜂田から疎《うと》ましく思われ、嫌がらせをされていたのかもしれない。そこに奥方様の一件が絡んで、ついに陥れられてしまったのだろう。

ようやく謎が解けたような気がするも、冬花の心は冷え切っていた。

数日後の夜、国義が梅乃を訪れた。

お通しの梅枝田麩《うめがえでんぶ》を摘《つ》まみながら、国義は酒を味わう。梅枝田麩とは、刻んだスルメに鰹節《かつおぶし》と梅干しを併せ、酒と醬油で煮て、山椒《さんしょう》の粉を振りかけたものだ。それを一口舐《な》め、酒を啜って、国義は目を細めた。

「梅乃の梅枝田麩は、この上ない。これだけで酒が進んでしまう」

「お褒めのお言葉、恐れ入ります」

冬花は淑やかに酌をする。国義は又五郎を呼び、告げた。

「女将のぶんも盃《さかずき》を持ってきてくれ。酒ももう一本お願いする。それから、何か煮物を」

「かしこまりました」

又五郎は一礼し、速やかに板場へと戻る。冬花は黙って国義を見た。国義は微かな笑みを浮かべ、酒を吞む。国義は冬花の物憂《ものう》げな様子に、気づいているようだった。

又五郎は、すぐに盆を運んできた。酒と盃、蓮根《れんこん》と蒟蒻《こんにやく》の煮物だ。国義は冬花に酒を注ぎ返し、二人は盃を合わせた。

酒を一口味わい、冬花は少し掠《かす》れる声を出した。

「先日お借りした手ぬぐい、お帰りになる時、お返しいたしますね。洗って、火熨斗《ひのし》をかけておきましたので。……申し訳ございませんでした」

「火熨斗までかけてくれたのか。それはありがたい。やはり女人の手があると、違うものだ。男やもめは不調法で困る。あのような小汚い手ぬぐいを渡してしまって、こちらこそ申し訳なかった」

国義はそう言って、日溜まりで居眠りをしている猫のような顔で、笑った。冬花の胸が揺れ、目頭が熱くなる。国義は冬花にまた酌をする。冬花はそれに口をつけながら、ぽつりぽつりと、思い出した自分の身の上を語った。

冬花は国義だから、話すことができた。国義は黙って聞き、静かに言った。

「冬花さんが武家の出ではないかということは、薄々気づいていたよ。丁寧な言葉遣いと、所作などでな。それを冬花さんに伝えようと思ったこともあったが……やめておいたんだ。人には、忘れてしまっていたほうが、よいこともあるからな。それを無理に思い出させることもなかろうと」

国義の優しさが胸に沁みて、冬花は思わず目を潤ませる。国義は微笑んだ。

「辛かったかもしれないが、冬花さんには皆から愛される店と、たくさんのお客、それに鮎太だっているではないか。今の幸せに感謝して、頑張っていってほしい。わしだって、この店にずっと通いたいと思っているのだ。倅もな。わしたち親子のような、冬花さんの贔屓《ひいき》のためにも、元気を出しておくれ」

国義の言葉に、冬花は涙をほろりとこぼしつつ、深く頷いた。袂《たもと》で涙を拭う冬花に、国義はまた酒を注ぐ。

国義の柔和な顔に、ようやく思い出した父親の顔が重なった。燗酒《かんざけ》が沁み入るように、冬花の胸が温《ぬく》もっていく。

国義の言葉どおり、周りの者たちに感謝をしながらこの店を守《も》り立てていくことが、御料理方だった父への一番の手向《たむ》けだと、冬花もはっきり分かった。

冬花は盃を置き、国義を真っすぐに見つめた。

「精進《しょうじん》して参ります」

国義は冬花を見つめ返し、大きく頷いた。

二人が静かに盃を傾け合っていると、又五郎がすっぽんの刺身を運んできた。国義はそれを一切れ頬張り、相好《そうごう》を崩した。艶《つや》やかな色合いの弾力のある刺身は、酒によく合う。

冬花は落ち着いてくると、事件について推測したことを語った。すっぽんに舌鼓を打ちながら、国義は冬花の話を聞いた。

「早乙女藩の用人の蜂田と、口入屋の江原屋が組んで、ご浪人たちを食い物にしているのは確かでしょう。では、染十郎の毒殺狂言にまで関わったとすれば、どうしてだったのか。名前を売り、江原屋の若内儀の渚沙さんを遠ざけるため、染十郎が蜂田に頼んだのでしょうか。それとも、先日お話ししましたように、婿《むこ》養子の笙次郎さんがほかの女人《にょにん》を迎え入れるために仕組み、蜂田に力添えを頼んだのでしょうか」

「うむ。国光が岡っ引きと一緒に見張りを続けているが、どうも笙次郎が外で女と会っている気配はないようだ。笙次郎の女関係は、まだ掴めていないらしい。まあ、少しおとなしくしているのかもしれんな」

国義は酒を啜り、眉根を微かに寄せる。冬花は溜息をついた。

「そうなのですか。……ところで私、ずっと心に引っかかっていたことがあるのです。渚沙さんの下働きのお元さんが、出前の注文にいらっしゃいましたでしょう。あれは、本当に渚沙さんが頼んだものだったのでしょうか。渚沙さんは、お母様やご主人様にそこまで気を遣えるほど、本当に快復されているのでしょうか」

眉を顰《ひそ》める冬花に、国義は酒を注ぐ。それを味わい、冬花は頬をほんのり染めた。国義は冬花に、すっぽんの刺身をそっと差し出した。

「旨いよ。食べてごらん」

だが、奥手の冬花は照れてしまい、国義が箸をつけていた刺身を無邪気には食べられない。すっぽんの刺身は、河豚《ふぐ》などのそれとは違い、どちらかといえば鮪《まぐろ》に似ていて、血が滴《したた》るようなやけに生々しい色合いだ。

それを眺めながら、冬花はふと気づいた。

お元に頼まれて、江原屋に届けたすっぽん鍋の料理。あの時、あの料理のどこに違和感を覚えたのかを。

冬花はぽつりと呟いた。

「そうですよね……。二人で突《つつ》くすっぽん鍋は、義理の母親と息子が食べるというより、夫婦や恋人同士が食べるものですよね。好き合った者同士が」

冬花と国義は顔を見合わせた。

二人は何か危険なものを察知し、一緒に店を出た。

江原屋は国光が見張っているので、二人は渚沙が療養している、寺嶋村の寮へと向かった。江戸橋の辺りで舟に乗り、寺嶋村への道すがら、二人とも緊張の面持ちだった。

長命寺《ちょうめいじ》の辺りで舟を降りると、二人は提灯を手に、寮へと急いだ。

寮へ着くと、中からなにやら騒々しい気配が伝わってきた。二人は枝折戸《しおりど》を乗り越え、玄関へと向かう。すると蔀戸の向こうから、争うような声、そして渚沙の悲鳴らしきものが聞こえてきた。

「しまった」

国義が乗り込もうとするも、戸が開かない。冬花も一緒に何度か体当たりをして蔀戸を外し、踏み入った。

広い廊下を走って渚沙の部屋へ向かう。すると、目を血走らせて逃げようとする笙次郎と沙和にかち合った。

凄まじい形相《ぎょうそう》の二人を目にして、冬花は気を喪いそうになり、国義に支えられた。笙次郎は鬼のような顔つきで、懐から短刀を取り出した。

「邪魔しやがって」

国義に向かってくる。冬花は悲鳴を上げて手で口を押さえた。

国義は笙次郎をさらりとかわし、握った拳で、彼の右肩を思い切り叩いた。笙次郎は呻《うめ》き声を上げ、短刀を落とす。すぐさま国義は笙次郎の痺れる右腕を摑み、背負うようにして投げ飛ばした。頑丈な柱にぶつかって腰を打ち、笙次郎は呆気《あっけ》なく伸びてしまった。

勇ましい国義に、冬花は目を瞠《みは》る。少し安堵《あんど》したからだろうか、冬花の中で、繋《つな》がっていくのだった。

先ほど、すっぽんの刺身を眺めながら気づいたように、沙和と笙次郎は、義母と義子という間柄を越えて、男と女の関係だったのだろう。それで渚沙のことが邪魔になり、懇意《こんい》である早乙女藩の用人の蜂田と組んで、嵌めようとしたのだ。それに力添えしたのが、染十郎や紅文字だったのではないか。江原屋は蜂田と、持ちつ持たれつの関係に違いない。

笙次郎の女とは、義母である沙和だったのだ。いつも家の中で会っている二人なら、国光がいくら見張り続けても尻尾を出さないのは当然だったであろう。

――つまり、沙和さんは、実の娘である渚沙さんを、亡き者にしようとしたということね。……真の狐女は、渚沙さんではなく、沙和さんだったのだわ。

冬花は青褪《あおざ》めた。

渚沙が奔放《ほんぽう》な性格だったことは、冬花も知っている。そのような渚沙に、夫の笙次郎は愛想《あいそ》をつかしていただろう。だが婿養子の立場ゆえ、妻にきついことは言えず、悶々《もんもん》とした日々を送っていた。

好き放題する妻に、文句一つ言えない気弱な婿殿。そんな陰口を叩かれ、笙次郎は肩身が狭かっただろう。

そのような笙次郎を、義母の沙和は励ましていたのではないか。そして義母に慰めてもらっているうちに、笙次郎は義母を真剣に愛するようになってしまったのだ。沙和もまた然《しか》り……。

女に目覚めた沙和にとって、渚沙は実の娘であっても、いつしか敵になってしまったのではないか。血が繋がっているからこそ、憎しみが倍増されてしまうこともあるだろう。

渚沙は大店《おおだな》の一人娘として育ち、予《かね》て我儘《わがまま》な振る舞いで、夫だけでなく周囲の者たちを傷つけていた。沙和は笙次郎を愛してしまってからは、そのような娘がよけいに忌々しかったのだろう。

それぞれの思いが積み重なっていき、沙和と笙次郎は渚沙を嵌めた。早乙女藩の蜂田にも一役買ってもらってだ。役者の毒殺未遂事件を仕掛け、恐らくは裏から手を回して、瓦版屋たちにも書き立ててもらったのだろう。そして渚沙を精神的に危うくさせて寮に閉じ込めた後、自害に見せかけて殺《あや》めてしまうつもりだったのだ。

沙和が瓦版屋に怒鳴り込んだというのも、瓦版屋と示し合わせた狂言で、娘を庇う母親を演じたのではないか。

そのような手の込んだ細工をしたのも、渚沙について「役者の毒殺事件に関わっていた狐女」などと醜聞《しゅうぶん》を広げておけば、すべては渚沙自身が悪かった、渚沙の自業自得《じごうじとく》ということになるからであろう。

藩の用人と口入屋、持ちつ持たれつの関係で、互いに力添えし合ったという訳だ。

冬花がどこか違和感を覚えたように、恐らく下女のお元は、自ら行動を起こして出前の注文に訪れたのだろう。すっぽん鍋を沙和と笙次郎に届けるように仕向けたのは、冬花に、あの二人がそういう間柄だということを察してほしかったのかもしれない。

冬花が我に返った時には、国義が沙和と笙次郎を押さえつけてしまっていた。それぞれの帯を解いて、縛り上げている。さすがは元同心、老いてもいざとなれば勇敢なのだ。

――今夜の国義様は、一段と輝いていらっしゃるわ。

修羅場《しゆらば》に遭遇《そうぐう》したというのに、冬花は国義へのときめきを禁じ得ない。国義は冬花に言った。

「若内儀が無事か、確かめてきてくれ」

「あ、はい！」

冬花は急いで渚沙の部屋へと向かう。渚沙と下働きのお元は、首を押さえてぐったりしながらも、命は助かったようだ。

「少しお待ちください。今、お手当てをいたしますので」

冬花は二人に告げ、速やかに動く。ひとまず国義に報せ、手ぬぐいを濡《ぬ》らしに台所へ行こうとすると、玄関から騒々しい声が聞こえ、国光が息急き切って踏み込んできた。冬花と国義の姿、そして目の前の光景に、国光は息を吞んだ。

「ちっ、父上！　冬花さんまで！　いっ、いったいどうして？」

国義が苦々しい顔で答えた。

「冬花さんと話していて、なにやら危険を感じてな。江原屋のほうはお前に任せているので、わしたちはこちらに駆けつけてみたら、この有様だ」

国光は肩を落とした。

「そうだったのですか……私、うっかりしておりまして、一足遅かったようです」

国光は江原屋を見張っていたものの、沙和と笙次郎が裏口から出ていったことに後で気づき、もしやと思って慌ててこちらに駆けつけたという。

国義は、沙和と笙次郎を突き出した。

「人を殺そうとした罪だ。お前が連れていけ」

「はっ、はい」

父親の勇姿に、国光は恐れ入るのだった。

既のところで、渚沙とお元は助かった。だが、夫に殺されかけ、渚沙は酷く衝撃を受け、茫然自失《ぼうぜんじしつ》としていた。

渚沙は正気に戻ると慟哭《どうこく》した。首が痛むようで、噎《む》せ込んでしまう。冬花は渚沙を慰め、手当てをした。渚沙の首は真っ赤になり、手の跡が残っていて、痛々しい。冬花は水で濡らして絞った手ぬぐいを、渚沙の首に優しく当てた。

「暫《しばら》く冷やしていれば、痛みと腫《は》れは徐々に消えると思います。喉は苦しくありませんか。お医者様、お呼びしましょうか」

「大丈夫……です」

渚沙は首を横に振る。首を絞められたことを医者に話すのは躊躇いがあるだろうと、冬花も分かる。それゆえ医者を呼ぶのはやめておくことにした。

冬花は渚沙の背中をそっとさすった。

「よろしかったです、大事に至らなくて。無理にお話ししようとなさらないで、静かに休んでいらしてくださいね」

渚沙は冬花を見つめ、何度も頷いた。

部屋の隅で、お元も首を押さえて、呆然としていた。冬花は絞った手ぬぐいで、お元の手当てをした。下働きの余作は家に帰っており、災難を免《まぬが》れたようだ。

「恐れ入ります」

お元は申し訳なさそうに目を伏せる。間近で見るうちに、冬花はようやく気づいた。冬花は声を微かに震わせながら、お元に訊ねた。

「あの……もしや、三年前の、あの夜の……」

お元は頷いた。この世話係の女は、三年前、鮎太を冬花に預けた腰元だったのだ。

怪しまれずに江戸に潜伏するために、わざと肥《ふと》り、年老いたように見せかけ、人相を変えていたのだろう。そして世話係の女として働きながら、糊口《ここう》を凌《しの》いでいたようだ。腰元の本名は世乃《よの》とのことだった。

世乃は、一年ほど前から江原屋で下働きをするようになり、沙和と笙次郎の関係を知ってしまったという。それゆえ、二人が謀って渚沙を陥れたことにも、気づいていた。渚沙のお世話をするために寮へ行かされ、渚沙の口から梅乃の話を聞いた時、一計を案じたそうだ。もしや冬花なら、江原屋の内情について察してくれるのではないかと期待して。

最初に梅乃に出前を頼みにきたのは余作だったが、差し向けたのは世乃だった。沙和と笙次郎を告発するため、世乃は冬花を巻き込んだのだった。

冬花は目を見開いて世乃の話を聞き、溜息をつく。

世乃は、冬花に恭しく頭を下げた。

「偽るような真似をしてしまい、申し訳ございませんでした。ほとぼりが冷めるまで江戸に身を潜めて暮らしながら、ずっと、宗太郎《そうたろう》様の様子を陰から窺《うかが》っておりました」

「そうだったのですか……」

冬花は口を噤《つぐ》んでしまう。鮎太の本名が宗太郎であることを、冬花は初めて知った。世乃は冬花に告げた。

「もう、落ち着いた頃ですので、藩の者は誰も追ってはこないでしょう。宗太郎様の実のお母上様も無事に上方《かみがた》へと逃れ、静かに暮らしておられます。つきましてはそろそろ、宗太郎様をお母上様のもとへとお返ししたいと思っています。いつまでもお預けしておりましたら、冬花さんにもご迷惑がかかってしまいますでしょう」

世乃が気を遣ってくれていることは分かる。だが、冬花は答えることができなかった。鮎太と離れることが辛いからだ。

俯く冬花を、国義は黙って見守っていた。

冬花は唇を嚙み締めた。

——鮎太のことを考えるならば、やはり本当のお母上様のもとで暮らすのが、あの子にとって一番の幸せなのでしょう。

ほとぼりが冷めたといっても、先のことは分からない。正室の子供が、いつ何時病《やまい》に罹《かか》り、命を落とすかも分からないのだ。そうなれば、自《おの》ずと鮎太が跡取りとなるだろう。一国の大名になるかもしれぬのだ。そのような子を、可愛いからといっていつまでも自分の手元に引き留めておくのは、甚《はなは》だ厚かましいのではなかろうか。冬花の胸に、自省の念が込み上げた。

冬花は答えた。

「家に戻ったら、宗太郎様にきちんとお話しいたします」

「よろしくお願いいたします。お母上様のもとへも飛脚で報せますので、近いうちに、お迎えに上がりたいと思っているのですが……。今年中。できれば七日後ぐらいに」

あまりにも急だが、冬花は弱々しく頷いた。

「かしこまりました。……それまで責任持って、お預かりいたします」

「よろしくお願い申し上げます」

世乃は深々と頭を下げた。

三

冬花は国義に送ってもらって、梅乃へ戻った。暖簾《のれん》はもう仕舞ってあったが、又五郎はまだいるようで、中から明かりが漏れていた。国義は冬花へ告げた。

「こんな刻限まで手間を取らせてしまって、悪かったな」

「いえ、私が勝手に首を突っ込んでしまったことですので。国義様にまでご足労おかけしてしまいました」

頭を下げる冬花に、国義は告げた。

「また店に来よう。事件も一段落するだろうから、今度は倅も連れてな。それから、蜂田のことは任せておいてくれ」

「ありがとうございます」

深く礼をし、冬花は思い出したように言った。

「お借りしていました手ぬぐいを持って参ります。少しお待ちくださいませ」

国義は微笑んだ。

「いやいや、今度でよい。あの手ぬぐい、暫く冬花さんが預かっておいてくれ。必ず取りにくるのでな」

国義に優しく見つめられ、冬花は頷いた。

「はい。……お預かりしておきます」

「うむ。お願いする。今夜も冷えるから、気をつけてな。暖かくしてゆっくり休みなさい」

「はい。国義様も」

国義は頷き、通りを歩き始める。少し進んで振り向き、冬花に声をかけた。

「あまり案ずるな。なるようになる」

冷たい空気の中、冬花は声を凜《りん》と響かせた。

「はい。ありがとうございます」

国義は頷き、また歩を進める。その背中を見送り、冬花は梅乃の中に入った。


中では又五郎が待っていた。冬花は又五郎に、江原屋の一件と、渚沙について聞いていた女が実は三年前の腰元だったことについて話した。又五郎は複雑そうな面持ちで聞いていた。

「……それで、鮎坊にそのことをお話しになるんですか」

「ええ。ついにその時が来てしまったわね。まあ、分かっていたことだし、仕方ないわ。あんなふうにしていれば普通の五つの男の子だけれど、鮎太は一国のお殿様のご落胤《らくいん》なのですもの。お母上様のもとへお返しするのが、筋というものだわ」

冬花の動揺も幾分治まり、落ち着いてきていた。又五郎は溜息をつく。

「冷静ですな、女将」

「……子供は、やはり本当の親のもとで育つのが一番なのよ。寂しくないと言えば嘘《うそ》になるけれどね」

冬花は微笑んでみせるも、又五郎は顰《しか》め面《つら》だ。

「しかし三年の間、便り一つよこす訳でもなく押し付けておいて、ほとぼりが冷めた頃だからそろそろ返してくれってのは、ずいぶんと虫のいい話じゃないですか。ここに来た頃、鮎坊は躰が弱くて、女将があの子を育てるのに、どれほど苦労したことか」

「仕方がないのよ。そういう約束だったのですもの。それに私、苦労したなんて思っていないわ。楽しかったもの、毎日。あの子と一緒にいられて」

鮎太と過ごした、きらきらとした日々が蘇り、冬花は不意に胸が詰まった。

二階に目をやる又五郎に、冬花は告げた。

「遅くまでお疲れさまでした。ごめんなさいね、途中で抜け出して、お店を押し付けてしまって。おかみさんがご心配されるでしょうから、そろそろお帰りになって」

「……では、失礼します」

又五郎は納得いかぬといった面持ちで、店を出ていった。

二階へ上がると、鮎太はまだ起きていた。『花咲《はなさ》か爺《じじい》』の絵草紙を眺めながら、冬花を待っていたようだ。

「お母さん、どこに行っていたの」

円らな目を瞬かせ、無邪気に問いかけてくる。そのあどけない顔を見ていると、冬花は胸が締めつけられたが、必死で思いを抑えた。

「ごめんね。ちょっと用があったの。……ねえ、鮎太。今からお母さんの話を聞いてくれる？」

「いいよ。どんなこと」

鮎太は笑顔で、冬花の傍らに座る。冬花は一息つき、すべてを打ち明けた。

鮎太は目を瞬かせながら冬花の話を聞き、首を傾げた。

「じゃあ、お母さんは、おいらの本当のお母さんじゃないの？」

「ええ……そうよ。ごめんなさいね、今まで黙っていて」

冬花は声を掠れさせ、鮎太に謝った。

頭を下げる冬花を眺め、鮎太は不思議そうな顔をしている。

「訳があって、鮎太のことを預かっていただけなの。鮎太のお父上様は偉い方で、お母上様は麗《うるわ》しい方。その間に生まれたのが、鮎太なのよ。鮎太も来年は六つでしょう。そろそろ、そのような身分に相応《ふさわ》しい暮らしに戻らなくちゃね。いつまでも、このようなところにいてはいけないわ」

鮎太はきょとんとした。

「このようなところって、このお家のこと？」

「そうよ。鮎太はお殿様の血を受け継いでいるのですもの。もっとよい暮らしをするべきなのよ」

鮎太は、こぢんまりとした部屋を見回した。

「でも、おいら、このお家、好きだよ。よい暮らしだよ。お母さんも又五郎のおじさんも、達雄ちゃんもお葉ちゃんも、耕次お兄ちゃんも、国義様も同心さんも、皆と仲よくて楽しいもん。おいら、とってもとっても、よい暮らししてるよ」

鮎太の顔を見ていられなくなり、冬花は俯く。冬花は膝の上で手を握り合わせ、強い口調で返した。

「でもね、子供はね、本当のお母さんのもとで暮らすのが一番いいの。鮎太と私は、本当の親子じゃないの。血が繋がっているお母さんがいいのよ、やっぱり」

冬花は唇を噛み締める。

鮎太は暫く黙って冬花を見ていたが、ぽつりと言った。

「分かった。本当のお母さんのところへ帰る」

冬花の心が震える。笑顔を必死で作って、返事をした。

「そうね。そのほうがいいわ」

冬花は涙を堪《こら》え、鮎太に頷く。鮎太は円らな目で、冬花をじっと見ていた。


鮎太が出ていく前の日、梅乃に国義が訪れた。冬花は自ら作った鱈《たら》の幽庵《ゆうあん》焼きを出して、国義をもてなした。

酒と味醂《みりん》と醬油《しょうゆ》の味付けに、搾《しぼ》った柚子の風味と薫りが混ざり合い、コクがありながらも爽やかな口当たりだ。

「冬花さんが作る幽庵焼きは、なんとも風流だな」

国義は舌鼓を打ちつつ、知り得たことを冬花に報せた。

やはり冬花の父である冬繁は、早乙女藩のかつての御料理方だったが、蜂田と色事好きの奥方様が仕組んで陥れたようだった。優秀だった冬繁を、蜂田は妬《ねた》んでいたらしい。

今度の江原屋の一件もあり、国義は目付衆に事の顚末《てんまつ》を語り、処罰を願った。

国義は御家人で、隠居した身でありながら、どうしてか公儀の役人たちに顔が利くのだ。

それゆえに目付衆は早乙女藩を徹底的に調べ上げ、藩主に厳重に注意をし、内々に処分を済まさせた。

蜂田は切腹となり、奥方様と姫君は蟄居《ちっきょ》となった。

沙和と笙一郎も、もちろん罰を受けることとなった。肉親を殺めようとした罪で、二人とも遠島《えんとう》を言い渡された。

騒ぎを起こした江原屋は没収となり、渚沙は髪を下ろして仏門に入るという。役者の祭野染十郎は厳しくお叱りを受けたが、重罪とはならなかった。力添えした紅文字も同様だった。

また、仕官を餌に騙られた浪人者の須田勘一郎は、情状《じょうじょう》を酌量《しゃくりょう》され、借金は早乙女藩が補塡することになり、棒引きとなった。調べてみたところ、須田のほかにも蜂田に騙られた浪人者たちは何人もいて、蜂田が紹介していた金貸しも厳重に注意された。とばっちりを受け、三月の間は店を終《しま》わなければならないこととなった。

　事件が解決し、父親の仇討《あだう》ちまでもできて、冬花はようやく溜飲《りゅういん》が下がった。この頃では、もう頭が痛むこともない。冬花は目を潤ませ、国義に厚く礼を述べた。

「国義様のおかげで、お父上も浮かばれますでしょう。この度は、まことにありがとうございました」

　冬花は手をつき、国義に深々と頭を下げた。

「いやいや、お役に立てたようで、こちらこそ嬉しいよ」

　国義は目を細め、日溜まりで居眠りしている猫のような顔で、微笑んだ。冬花は目を指で拭い、笑みを返す。頼もしい国義に、冬花の心はさらにときめく。

　思えば、蜂田の名を聞いたのは、須田の口からだった。須田がその名を教えてくれなければ、蜂田を突き止めるのにもっと時間がかかっていただろう。その須田は、瓦版で梅乃の評判を知って、出前を頼んできたのだ。つまりは歳月を経て、冬花と又五郎で作り上げる梅乃の料理が、蜂田に自然と引き合わせたということではなかろうか。それには、亡き父の無念の思いも働いたのかもしれない。

　料理がきっかけとなり、仇を突き止め、討つことができたのだ。それも、国義に励ましてもらったことを忘れずに料理に打ち込んできた結果だろうと、冬花は国義にいっそう感謝していた。

しっとりといい雰囲気のところ……蔀戸が音を立てて開かれ、国光までもが店に現れた。

「いらっしゃいませ」

又五郎が案内しようとするも、国光は目敏《めざと》く冬花と国義を見つけ、近づいてくる。

「なんですか、私も仲間に入れてくださいよ」

などと言いながら、国光は図々しく二人の間に割って入った。冬花は分かっていた。国義も国光も、鮎太との別れが近づいている自分のことを気に懸けて、訪れてくれたのだと。

瓦版屋に頼んで書かせたのは国光と知って、冬花は、今では国光にも感謝の念を抱いている。

国義と国光は、親子で盃を交わす。二人の心配りが、冬花の胸に沁み入った。

鮎太が家を出ていく日、冬花は早くから起きて、心を籠めて朝餉を作った。膳に並んだ料理を見て、鮎太は目を瞠る。

お揚げと柚子の混ぜご飯、豆腐と大根の味噌汁、鰆《さわら》の焼き物、南瓜《かぼちゃ》と人参《にんじん》と小豆《あずき》の煮物、大根の浅漬けだ。

「いただきます」

鮎太は胸の前で手を合わせ、笑顔でご飯を頬張る。嚙み締め、眦《まなじり》を下げる。鮎太は黙々と、朝餉を食べた。

南瓜と人参のいとこ煮に、鮎太は舌鼓を打つ。それは、冬花にとって思い出の料理だった。三つの半ばまで、鮎太は人参をどうしても食べることができなかった。冬花は鮎太に人参を食べさせたくて、あれこれ作ってみたものの、口にしてくれないのだ。そのような時、ふと思いついて、いとこ煮に細かく切った人参を混ぜてみた。甘く煮た人参に餡《あん》が絡んで、菓子のような味わいになったからだろうか、鮎太は綺麗に平らげてしまった。それが皮切りとなって、鮎太は人参を食べられるようになったのだ。

今では、普通の大きさに切った人参も、笑顔で食べる。今日のいとこ煮には、冬花は梅の花に象《かたど》った人参を入れていた。鮎太の小さな口が、梅の花の形の人参を頬張る。冬花の目頭は不意に熱くなった。

静かな部屋に、鮎太が朝餉を食《は》む音が響いていた。

「美味しかった」

米粒一つ残さず平らげ、鮎太は笑みを浮かべた。冬花は必死で涙を堪え、鮎太を見つめた。


朝餉が済むと、冬花は鮎太に小袖と袴《はかま》を着せながら、注意した。

「お付きの方も教えてくれると思うけれど、これからは自分のことを『私』と言うのよ。おいら、なんて言っては駄目よ。それから返事は『はい』ね。『うん』はもう決して使ってはいけないわ。本当のお母上様に、笑われてしまうわよ」

「はい」

鮎太は唇を尖らせ、小さな返事をする。初々しい水色の小袖に、紺色の袴。小袖も冬花が急いで手縫いしたのだ。袴は、先月の袴着の儀で着けたものである。鮎太は水色の小袖が気に入ったようで、袂を振ってにこにこしている。袴着の儀の時の羽織も着せて、冬花は顔をほころばせた。冬花は、鮎太の懐に、袱紗《ふくさ》を挟んだ。袱紗には、三年前に預かって大切に仕舞っておいた小判が包まれていた。

冬花は正座し、鮎太を眩しそうに眺めた。

「とてもお似合いになりますよ。ご成長されましたね、宗太郎様」

そして冬花は三つ指を突き、鮎太に恭しく頭を下げた。

鮎太は円らな目を見開き、瞬きもせずに、冬花を見る。冬花が顔を上げても、鮎太は何も答えない。

静寂が漂う中、下から、蔀戸を叩く音が聞こえた。

鮎太が振り返り、袴を引き摺りながら、廊下へと出ていく。冬花も立ち上がり、鮎太と一緒に階段を下りた。

冬花が蔀戸を開けると、世乃が立っていた。今日の世乃は繕《つくろ》っていないからだろう、老けては見えない。世乃は丁寧に辞儀をした。

「宗太郎様はいらっしゃいますでしょうか」

「ご足労おかけしました。宗太郎様をお返しいたします」

冬花も恭しく辞儀を返し、世乃を店の中へと入れた。袴姿の鮎太を、世乃も眩しそうに見た。世乃は冬花へ、改めて礼を述べた。

「冬花さんのおかげで、宗太郎様はご立派に成長されましたね」

冬花は微笑んだ。

「私がどうのというのではなく、宗太郎様がご自分でご成長なさったのですわ。

宗太郎様は本当に素直で、お優しくて、よいご気性ですので。私のほうこそ……宗太郎様に色々教えられました」

話しながら胸が詰まり、冬花は衿元をそっと押さえた。

鮎太はただ黙って、二人を眺めている。冬花は鮎太の背に手を触れた。

「さ、宗太郎様」

鮎太は振り返り、冬花を見つめる。何か言いたそうだったが、鮎太は口を閉ざしたまま、世乃のほうへ向かった。

冬花の手から鮎太が離れ、温もりが消える。

「躰に気をつけてね。人参もちゃんと食べるのよ。好き嫌いしちゃ駄目よ」

鮎太と過ごしたかけがえのない日々が蘇り、ついに耐え切れず、冬花の目から涙が一滴こぼれた。

すると鮎太が振り返り、冬花のほうへ駆けてきた。

冬花の胸に飛び込み、鮎太は泣きじゃくった。鮎太だって、涙を堪えていたのだ。

思いが溢れたように、鮎太は叫んだ。

「おいらのお母さんは、一人だけだ。冬花お母さんだけだ」

鮎太は冬花にしがみついたまま、離れない。

血が繋がっていたって、殺し合いをしようとする親子だっている。

血が繋がっていなくても、心が通じ合い、互いを必要としている親子だっているのだ。

終章　淡雪《あわゆき》、梅雪《うめゆき》

大晦日《おおみそか》、冬花は鮎太に手伝ってもらって、重詰を作った。鮎太は牛蒡《ごぼう》を洗い、冬花は鮒《ふな》を洗って拍子切《ひょうしぎ》りにする。朝から二人で奮闘し、午過《ひる》ぎには完成した。

初の重には、数の子。二の重には、胡麻和《ごまあ》えたたき牛蒡。三の重には、鮒昆布《こぶ》巻《まき》。四の重には、黒煮豆。

美しく詰められたお重を見て、鮎太は顔をほころばせる。

「これでお正月の準備は万端ね」

「美味しそうだね」

冬花と鮎太は微笑み合った。

少し休んでから二人で桃の湯へ行き、帰ってくる頃にはもう日が暮れていた。二人でまた一緒に夕餉を作った。年越しの淡雪蕎麦《そば》と、菜の花と高野《こうや》豆腐の煮物だ。淡雪蕎麦には、梅の形の花麩《はなふ》も添えた。

「梅雪蕎麦だね」

「本当。梅に雪、ね」

鮎太が目を瞬《しばたた》かせながら、冬花の袂《たもと》を引っ張った。

「ねえ、お祖母《ばあ》ちゃんにもお供《そな》えしようよ」

「いい子ね……鮎太」

冬花は目を細め、鮎太の頭を撫《な》でる。

お島の位牌《いはい》が置いてある仏壇に梅雪蕎麦を供え、二人は手を合わせた。お島の顔を見たことがなくても、血が繫がっていなくても、冬花を育ててくれたお島のことを、鮎太は祖母だと思っているのだ。

裏口の戸締まりをする時、二人で裏庭に出て、梅の木を眺めた。薄暗い中でも、白い蕾《つぼみ》、薄紅色の蕾は目立つ。鮎太が声を上げて、指差した。

「あっ、花が咲いてるのがある！　あれと、あっちも！」

「本当ね。年が明けたら、もっと咲いていくわね。満開になったら、また梅見をしましょう」

「楽しみだね」

冬花は鮎太の後ろから、小さな肩に手を載せる。ほころび始めた梅の花の淡い色合いは、二人の心をほんのり染めた。

鮎太は結局、冬花のもとに留まることになったのだ。あの日、抱き締め合う二人を眺めながら、腰元の世乃は言った。

――実は、本日は宗太郎様をお迎えに上がった訳ではありません。昨日、お母上様のもとから飛脚が戻って参りました。それによりますと、宗太郎様のお母上様の今の暮らしは、いまだ楽とは申せません。国元から家臣だった者が一人ついてきて、その者の働きで糊口《ここう》を凌《しの》いでいる状態です。それゆえ……引き続き、宗太郎様をもう暫《しばら》く預かっていただけませんでしょうか。冬花さんならば安心ですので。どうぞお願いいたします。

そう言って世乃は頭を下げた。聞いたところによると、世乃は冬花も武家の出であることに薄々気づいており、それゆえ鮎太を託したとのことだった。相撲の稽古をつけてくれている耕次も実は藩の者で、密かに鮎太を護衛していたと知った時は、冬花は驚くと同時に頼もしく思った。あの日は店を休んで、鮎太と水入らずで過ごしたが、又五郎と国光は、それぞれ様子を窺《うかが》いにきた。二人とも、鮎太が留まったことを真に喜んだ。国光は冬花に訊ねた。

――ところで、鮎太はどのような訳で預けられているのか、よかったら教えてもらえぬか。

冬花は鮎太の出生について、国光に話す機会を逸《いっ》してしまっていたのだ。国義は約束どおり、自分の口からは息子に話さなかったようだ。冬花は国光を連れてこの裏庭へと回り、梅の蕾を眺めながら、鮎太を預かるようになった経緯と、鮎太の出生について話したのだった。国光は瞬《まばた》きもせずに聞き、大きく頷いた。

――事情は分かった。そういうことだったのか。私も誓って、冬花さんの許しなく誰にも口外したりせぬので、安心してくれ。

――今までどおりに、あの子と付き合っていただきたく思います。ここでは、普通の子として、育ててあげたいので。

――もちろんだ。今までどおり、鮎坊として接するぞ。だが、決して危ない目に遭わせぬよう、今まで以上に見守ることにしよう。

――ありがとうございます、国光様。

冬花は深々と頭を下げたのだった。

ほころびかけた梅の花を眺めていると、鮎太が小さなくしゃみをしたので、冬花は懐紙《かいし》で優しく洟《はな》を拭ってあげた。

「そろそろ入りましょう」

冬花は鮎太の肩を抱き、中へと戻った。


二人は炬燵《こたつ》にあたりながら、夕餉を味わった。鮎太は笑顔で頬張り、元気な声で言った。

「この前のお餅《もち》つき、楽しかったね」

「楽しかったわね。いっぱいついて、皆でいっぱい食べたわね」

梅乃は二十八日まで営み、休みに入った一昨日《おととい》、達雄やお葉、その家族、耕次、又五郎たちも一緒に、裏庭で餅つきをしたのだ。鮎太も小さな手に杵《きね》を持ち、腰に力を入れて懸命についた。子供たちを応援する声が、裏庭に響いたものだ。

途中で国義と国光も現れ、争うように餅つきをしてくれた。

——どれどれわしが。

——いえいえ、父上、無理すると腰を痛めます。

などと牽制《けんせい》し合いながら精を出してくれたおかげで、餅はたくさんつけ、伸《の》し餅も充分に作れた。冬花は店の入口に立派な鏡餅を飾り、ご近所にもお裾分けした。

「美味しかったね、あんころ餅。黄粉《きなこ》のも、大根おろしをかけて食べたのも、とっても美味しかった。あ、納豆のも！」

「そうね。皆でついて、皆で食べるお餅って美味しいわね」

「またしたいな」

冬花と鮎太は微笑み合う。

除夜の鐘が聞こえてきた。

国光が、年末年始は国義と過ごすと言っていた。あの親子も、小梅村の国義宅で、今頃、一緒に聞いているに違いない。

いつもならば鮎太は寝ている時分だが、大晦日の今日は特別だ。冬花は障子窓に目をやり、鮎太が羽織った半纏《はんてん》の衿元《えりもと》を直した。

「雪が降りそう。風邪《かぜ》引かないように注意しないとね」

「雪が積もったら、達雄ちゃんとお葉ちゃんと一緒に、雪まろげをするんだ。雪じゃなかったら、凧《たこ》揚《あ》げをするよ」

「それはお正月から楽しそう。皆、来年もよい年になるといいわね」

「そうだね、お母さん」

鮎太は笑顔で大きく頷く。

厳《おごそ》かな除夜の鐘は、皆の幸せを願う冬花と鮎太の親子の胸に、温かく鳴り響いた。

一〇〇字書評

切・り・取・り・線

購買動機（新聞、雑誌名を記入するか、あるいは○をつけてください）	
□（　　　　　　　）の広告を見て	
□（　　　　　　　）の書評を見て	
□ 知人のすすめで	□ タイトルに惹かれて
□ カバーが良かったから	□ 内容が面白そうだから
□ 好きな作家だから	□ 好きな分野の本だから

・最近、最も感銘を受けた作品名をお書き下さい

・あなたのお好きな作家名をお書き下さい

・その他、ご要望がありましたらお書き下さい

住所	〒				
氏名		職業		年齢	
Eメール	※携帯には配信できません	新刊情報等のメール配信を 希望する・しない			

この本の感想を、編集部までお寄せいただけたらありがたく存じます。今後の企画の参考にさせていただきます。Eメールでも結構です。

いただいた「一〇〇字書評」は、新聞・雑誌等に紹介させていただくことがあります。その場合はお礼として特製図書カードを差し上げます。

前ページの原稿用紙に書評をお書きの上、切り取り、左記までお送り下さい。宛先の住所は不要です。

なお、ご記入いただいたお名前、ご住所等は、書評紹介の事前了解、謝礼のお届けのためだけに利用し、そのほかの目的のために利用することはありません。

〒一〇一－八七〇一
祥伝社文庫編集長　清水寿明
電話　〇三（三二六五）二〇八〇

祥伝社ホームページの「ブックレビュー」からも、書き込めます。

www.shodensha.co.jp/
bookreview

祥伝社文庫

つごもり淡雪《あわゆき》そば　冬花《ふゆか》の出前草紙《でまえぞうし》

令和 3 年 12 月 20 日　初版第 1 刷発行

著　者　有馬美季子《ありまみきこ》
発行者　辻　浩明
発行所　祥伝社《しょうでんしゃ》
東京都千代田区神田神保町 3-3
〒 101-8701
電話　03（3265）2081（販売部）
電話　03（3265）2080（編集部）
電話　03（3265）3622（業務部）
www.shodensha.co.jp

印刷所　堀内印刷
製本所　ナショナル製本
カバーフォーマットデザイン　中原達治

本書の無断複写は著作権法上での例外を除き禁じられています。また、代行業者など購入者以外の第三者による電子データ化及び電子書籍化は、たとえ個人や家庭内での利用でも著作権法違反です。
造本には十分注意しておりますが、万一、落丁・乱丁などの不良品がありましたら、「業務部」あてにお送り下さい。送料小社負担にてお取り替えいたします。ただし、古書店で購入されたものについてはお取り替え出来ません。

Printed in Japan ©2021, Mikiko Arima ISBN978-4-396-34781-9 C0193

祥伝社文庫　今月の新刊

中山七里
ヒポクラテスの試練

伝染《うつ》る謎の〝肝臓がん〟？　自覚症状もなく、MRIでも検出できない……法医学の権威・光崎をうろたえさせた未知なる感染症に挑む！

有馬美季子
つごもり淡雪そば
冬花《ふゆか》の出前草紙

冬花は一人息子を育てながら、料理屋〈梅乃〉を営んでいる。ある日、冬花が届けた弁当を食べた男が死に、毒を盛った疑いがかけられ……。

門田泰明
冗談じゃねえや（上）
新刻改訂版　浮世絵宗次日月抄

人の腹肝を抉る辻斬りが江戸を騒がす「お待ちなせえ」、盗賊と慈しみの剣をかわす「知らねえよ」等浮世絵宗次シリーズ初期の傑作短編集。

門田泰明
冗談じゃねえや（下）
新刻改訂版　浮世絵宗次日月抄

大店から盗まれた六百両と、辻斬りを追う「冗談じゃねえや」、吉原の女達を救う「思案橋　浮舟崩し」。情感溢れる剣戟短編二編収録。

岩室　忍
初代北町奉行　米津勘兵衛
臥月《がげつ》の竜《りゅう》

豊臣家を討ち、徳川家の存続を勝ち取った家康。その勝利に沸く江戸には多くの人々が上方から流入し、勘兵衛は更なる治安の維持を模索する。